Christian Morgenstern, geboren am 6. Mai 1871 in München, ist am 31. März 1914 in Meran gestorben.
Morgenstern stammte aus einer Malerfamilie. Er studierte Jura, Philosophie und Kunstgeschichte in München. 1894 zog er nach Berlin, wo er an verschiedenen Zeitschriften mitarbeitete. Von 1903 an war er Lektor im Bruno-Cassirer-Verlag. 1910 heiratete er Margareta Gosebruch von Liechtenstein. Christian Morgenstern litt fast zwanzig Jahre an Lungentuberkulose. 1914 starb er während eines Kuraufenthaltes in Meran. Morgenstern stand der Philosophie Nietzsches und Schopenhauers nahe. In seinen letzten Lebensjahren beschäftigte er sich mit Kierkegaard und Meister Eckhart. Die Anthroposophie Rudolf Steiners beeinflußte ihn eine Zeitlang.
Wichtige Werke: »Galgenlieder« (1905); »Melancholie« (1906); »Palmström« (1910); »Ich und Du« (1911); »Wir fanden einen Pfad« (1914); »Palma Kunkel« (1916); »Epigramme und Sprüche« (1920); »Der Gingganz« (1919); »Stufen« (1918).
»Alle Galgenlieder« (Insel Verlag 1938) mit den Vignetten des Dichters machten ihn schnell berühmt.
»Morgensterns Figuren Palmström, Korf, Palma Kunkel und der Gingganz sind unsterblich in der deutschen Literatur geworden, und sie werden es bleiben. Es ist wohl eine der seltsamsten und anziehendsten Erscheinungen unter den schöpferischen Menschen, wenn Frömmigkeit und burleske Komik sich in einer Seele und einem Werk so unbefangen die Hand reichen wie hier.«

Martin Beheim-Schwarzbach

insel taschenbuch 6
Christian Morgenstern
Alle Galgenlieder

~~Sybille Stoll~~
~~11. Februar 1974~~

für meine
Lateinnachhilfeleh-
"rerin", die
"Makabres" glaube
"ich sehr mag!

Christian Morgenstern
Alle Galgenlieder

Galgenlieder
Palmström
Palma Kunkel
Gingganz

Insel

insel taschenbuch 6
16.–27. Tausend 1973

Insel Verlag Frankfurt am Main

Vertrieb durch den Suhrkamp Taschenbuch Verlag
Umschlagentwurf Willy Fleckhaus
Druck: Ebner, Ulm
Printed in Germany

DEM KINDE IM MANNE

Im echten Manne ist ein Kind versteckt: das will spielen.

Nietzsche

Zur 15. Auflage (1913)

DEM KINDE IM MENSCHEN

In jedem Menschen ist ein Kind verborgen, das heißt Bildnertrieb und will als liebstes Spiel- und Ernst-Zeug nicht das bis auf den letzten Rest nachgearbeitete Miniatür-Schiff, sondern die Walnußschale mit der Vogelfeder als Segelmast und dem Kieselstein als Kapitän. Das will auch in der Kunst mit-spielen, mit-schaffen dürfen und nicht so sehr bloß bewundernder Zuschauer sein. Denn dieses ›Kind im Menschen‹ ist der unsterbliche Schöpfer in ihm...

Christian Morgenstern

VERSUCH EINER EINLEITUNG ZUR DRITTEN BEZIEHUNGSWEISE ERSTEN AUFLAGE

Aufgefordert vom Verfasser, eine neue Einleitung zu schreiben oder die alte – meines seligen Jeremias – zu belassen, verbind ich beides, insofern als ich zum ersten festgestellt zu haben wissen möchte, daß dieses Buch nunmehr nicht nur zum dritten Male in einem ersten Teile seines Inhalts, sondern zugleich zum andern mit einem zweiten Teile seines Inhalts zum ersten Male, also einerseits zum dritten, andrerseits zum ersten Male seine Reise in die Umwelt antritt, zum zweiten aber, daß auch im gedachten ersten Teile nicht alles wie beim ersten und beim zweiten Male, sondern teils in Kleinigkeiten überfeilt, teils überlegter angeordnet, teils auch um ein Dutzend minder reifer Beeren ausgezwickt gedruckt, worüber nicht zu larmoyieren, sondern sich zu freuen jedem Weisen leicht wird, worden ist.

Von der Verfertigung der ersten Gesänge an zweiter Stelle, jetzt vorerst an erster von den zweiten – als einer Art Ausbauch der ursprünglichen Leyer, schon im ersten Teile seinerzeit durch etliches unleugbar annunziert. Es haben diese zweiten Lieder mit dem Galgen wohl so wenig mehr gemein als wie der Galgenhügel dieser Zeit mit dem von einstmals. Der Galgen ist hinweg, der Hügel ist geblieben. So auch hier. Zuerst war am Galgenhügel der Galgen das Wesenzielle, jetzt ist es der Hügel. Und auf dem Hügel steht kein

Holz mehr heut, es sei ein Baumstrunk denn, auf dem der GINGGANZ sinnend spinnend Bein mit Beine kreuzt ...

Um ihn, vor ihm bewegt sich (nach wie vor und wie auch sonst) die Zeit, reiht Tag an Tag sich, reiht Symptom sich an Symptom, gleich neuem Leben sprossend aus Ruinen.

Und solch ein Symptom – und damit spring ich betreffs des ersten Teils in den der ersten und zweiten Auflage betreffs des letzteren bereits vorgedruckt gewesenen ›Versuch einer Einleitung‹ meines unvergeßlichen Mitarbeiters am Reiche deutscher Wissenschaft und Kunst & ihrer Deutung, des Lic. Dr. Jeremias Mueller, meines Mannes, zurück – zeitströmiger Entwicklung wars dann auch, daß eines Tages des hinvergangnen Jahrhundertendes sich »acht junge Männer, fest entschlossen, dem feindlichen Moment, wo immer, im Sinne der Zeit, diese Zeit, wie jede, als eine Zeit nicht bloß der Bewegung schlechthin, sondern einer sowohl ab- wie aufsteigenden Bewegung, mit zeitweilig dem Ideale unentwegten Fortschritts nur allzu abgekehrter Vorwiegung des ersteren Moments in ihr betrachtet, munteren Sinnes sich entgegenzustellen, die Hand reichten«.

»Ein sonderbarer Kult«, fährt Jeremias fort, »vereinte sie. Zuvörderst wird das Licht verdreht, ein schwarzes Tuch dann aus dem Korb und übern Tisch gezogen, mit Schauderzeichen reich phosphoresziert, und bleich ein einzig Wachs inmitten der Idee des Galgenbergs entnommner freudig-schrecklicher Symbole. Dazu hieß der erste Schuhu: der hing zuhöchst und gab den Klang zum Hauch des Rabenaas, der das Mysterium verwest; der dritte hieß Verreckerle: der bot das Henkersmahl; der vierte Veitstanz, zubenannt der Glöckner: der zog den Armesünderstrang; der fünfte Gurgeljochem: der schor den Lebensfaden durch; der sechste Spinna, das Gespenst: der schlug zwölf; der siebente Stummer Hannes, der Büchner zubenannt: der sang Fisches Nachtgesang, und der achte Faherügghh, mit dem Beinamen der Unselm: der konnte das Simmaleins und sprach das große Lalulā. Und es wurde das Knochenklavier geschaffen und der Gelächtertrab und die Elementarsymphonie und der Huckepack d'Albert und der Eulenviertanz und der Galgenschlenkerer und Sophie, die Henkersmaid, als Symbild von der Weisheit unverweslichem Begriff.«

Und nun endet Jeremias – ende denn auch ich hier dies mein Ad- und Conscribonium – mit der kataraktnen Coda folgender Betrachtung und Erachtung:

»Ein modulationsfähiger Keim.

Und in der Tat, wenn irgendwo, wenn irgendwann, mußte gerade damals und gerade bei denjenigen Kräften der Volksseele, in denen das Herz der vom Geist der neuen Zeit am wunderlichsten beeindruckten Unvoreingenommenheit des Natürlichen am zukunftswetterschwangervollsten pochte, ein besonders abwelthafter Rückschlag wider das Gesetz in der Vernunft von seiten mehr exzös gerichteter Seelen erfolgen und damit ein Beweisschatten mehr geworfen werden, daß keine Zeit, so dunkel sie auch sich und in sich selber sei, indem sie ›ihr Herze offenbart‹, mit all den Widersprüchen, Knäueln, Gräueln, Grund- und Kraftsuppen ihres Wesens, als Schwan zuletzt mit Rosenfingern über den Horizont ihres eigenen Chaos – und sei es auch nur als ein Wesenstel ihrer selbst, und sei es auch nur mit der lächelndsten Träne im Wappen – emporzusteigen sich zu entbrechen den Mut, was sage ich, die Verruchtheit hat.

Es darf daher getrost, was auch von allen, deren Sinne, weil sie unter Sternen, die, wie der Dichter sagt: ›zu dörren statt zu leuchten‹ geschaffen sind, geboren sind, vertrocknet sind, behauptet wird, enthauptet werden, daß hier einem sozumaßen und im Sinne der Zeit, dieselbe im Negativen als Hydra betrachtet, hydratherapeutischen Moment ersten Ranges – immer angesichts dessen, daß, wie oben, keine mit Rosenfingern den springenden Punkt ihrer schlechthin unvoreingenommenen Hoffnung auf eine, sagen wir schwansinnige oder wesenzielle Erweiterung des natürlichen Stoffgebietes zusamt mit der Freiheit des Individuums vor dem Gesetz ihrer Volksseele zu verraten sich zu entbrechen den Mut, was sage ich, die Verruchtheit haben wird, einem Moment, wie ihm in Handel, Wandel, Kunst und Wissenschaft allüberall dieselbe Erscheinung, dieselbe Tendenz den Arm bieten und welchen bei allem, ja vielleicht eben trotz allem, als ein mehr oder minder modulationsfähiger Ausdruck einer ganz bestimmten und im weitesten Verfolge exzösen Weltauffasserraumwortkindundkunstanschauung kaum mehr zu unterschlagen versucht werden zu wollen vermag – gegenübergestanden und beigewohnt werden zu dürfen gelten lassen zu müssen sein möchte.«

Dr. Gundula Mueller

Köpenick/Athen
Im Schaltmonat A. D. MDCCCCCVIII

Es waren einmal acht lustige Könige; die lebten. Sie hießen aber so und so. Wer heißt überhaupt? Man nennt ihn. Eines Tages aber sprachen die lustigen Könige zueinander, wie Könige zueinander sprechen. »Die Welt ist ohne Salz; laßt uns nach Salz gehen!« sagte der zweite. »Und wenn es Pfeffer wäre«, meinte der sechste. »Wer weiß das Neue?« fragte der fünfte. »Ich!« rief der siebente. »Wie nennst du's?« fragte der erste. »Das Unterirdische,« erwiderte der siebente, »das Links, das Rechts, das Dazwischen, das Nächtliche, die Quadrate des Unsinnlichen über den drei Seiten des Sinnlichen.« »Und der Weg dazu?« fragte der achte. »Das einarmige Kreuz ohne Kopf mit der Basis über dem Winkel«, sagte der siebente. »Also der Galgen!« sagte der vierte. »Esto«, sprach der dritte. Und alle wiederholten: »Esto«, das heißt »Jawohl«.

Und die acht lustigen Könige rafften ihre Gewänder und ließen sich von ihrem Narren hängen. Den Narren aber verschlang alsogleich der Geist der Vergessenheit. –

Betrachten wir den ›Galgenberg‹ als ein Lugaus der Phantasie ins Rings. Im Rings befindet sich noch viel Stummes.

Die Galgenpoesie ist ein Stück Weltanschauung. Es ist die skrupellose Freiheit des Ausgeschalteten, Entmaterialisierten, die sich in ihr ausspricht. Man weiß, was ein mulus ist: die beneidenswerte Zwischenstufe zwischen Schulbank und Universität. Nun wohl: ein Galgenbruder ist die beneidenswerte Zwischenstufe zwischen Mensch und Universum. Nichts weiter. Man sieht vom Galgenberg die Welt anders an, und man sieht andre Dinge als Andre.

Laß die Moleküle rasen,
was sie auch zusammenknobeln!
Laß das Tüfteln, laß das Hobeln,
heilig halte die Ekstasen!

GALGENBERG

Blödem Volke unverständlich
treiben wir des Lebens Spiel.
Gerade das, was unabwendlich,
fruchtet unserm Spott als Ziel.

Magst es Kinder-Rache nennen
an des Daseins tiefem Ernst;
wirst das Leben besser kennen,
wenn du uns verstehen lernst.

BUNDESLIED DER GALGENBRÜDER

O schauerliche Lebenswirrn,
wir hängen hier am roten Zwirn!
Die Unke unkt, die Spinne spinnt,
und schiefe Scheitel kämmt der Wind.

O Greule, Greule, wüste Greule!
»Du bist verflucht!« so sagt die Eule.
Der Sterne Licht am Mond zerbricht.
Doch dich zerbrachs noch immer nicht.

O Greule, Greule, wüste Greule!
Hört ihr den Huf der Silbergäule?
Es schreit der Kauz: pardauz! pardauz!
da tauts, da grauts, da brauts, da blauts!

GALGENBRUDERS LIED AN SOPHIE, DIE HENKERSMAID

Sophie, mein Henkersmädel,
komm, küsse mir den Schädel!
Zwar ist mein Mund
ein schwarzer Schlund –
doch du bist gut und edel!

Sophie, mein Henkersmädel,
komm, streichle mir den Schädel!
Zwar ist mein Haupt
des Haars beraubt –
doch du bist gut und edel!

Sophie, mein Henkersmädel,
komm, schau mir in den Schädel!
Die Augen zwar,
sie fraß der Aar –
doch du bist gut und edel!

NEIN!

Pfeift der Sturm?
Keift ein Wurm?
Heulen
Eulen
hoch vom Turm?

Nein!

Es ist des Galgenstrickes
dickes
Ende, welches ächzte,
gleich als ob
im Galopp
eine müdgehetzte Mähre
nach dem nächsten Brunnen lechzte
(der vielleicht noch ferne wäre).

DAS GEBET

Die Rehlein beten zur Nacht,
hab acht!

Halb neun!

Halb zehn!

Halb elf!

Halb zwölf!

Zwölf!

Die Rehlein beten zur Nacht,
hab acht!
Sie falten die kleinen Zehlein,
die Rehlein.

DAS GROSSE LALULĀ

Kroklokwafzi? Sem̄em̄i!
Seiokrontro – prafriplo:
Bifzi, bafzi; hulalem̄i:
quasti basti bo . . .
Lalu lalu lalu lalu la!

Hontraruru miromente
zasku zes rü rü?
Entepente, leiolente
klekwapufzi lü?
Lalu lalu lalu lalu la!

Simarar kos malzipempu
silzuzankunkrei (;)!
Marjomar dos: Quempu Lempu
Siri Suri Sei []!
Lalu lalu lalu lalu la!

DER ZWÖLF-ELF

Der Zwölf-Elf hebt die linke Hand:
Da schlägt es Mitternacht im Land.

Es lauscht der Teich mit offnem Mund.
Ganz leise heult der Schluchtenhund.

Die Dommel reckt sich auf im Rohr.
Der Moosfrosch lugt aus seinem Moor.

Der Schneck horcht auf in seinem Haus;
desgleichen die Kartoffelmaus.

Das Irrlicht selbst macht Halt und Rast
auf einem windgebrochnen Ast.

Sophie, die Maid, hat ein Gesicht:
Das Mondschaf geht zum Hochgericht.

Die Galgenbrüder wehn im Wind.
Im fernen Dorfe schreit ein Kind.

Zwei Maulwürf küssen sich zur Stund
als Neuvermählte auf den Mund.

Hingegen tief im finstern Wald
ein Nachtmahr seine Fäuste ballt:

Dieweil ein später Wanderstrumpf
sich nicht verlief in Teich und Sumpf.

Der Rabe Ralf ruft schaurig: »Kra!
Das End ist da! Das End ist da!«

Der Zwölf-Elf senkt die linke Hand:
Und wieder schläft das ganze Land.

DAS MONDSCHAF

Das Mondschaf steht auf weiter Flur.
Es harrt und harrt der großen Schur.
  Das Mondschaf.

Das Mondschaf rupft sich einen Halm
und geht dann heim auf seine Alm.
  Das Mondschaf.

Das Mondschaf spricht zu sich im Traum:
»Ich bin des Weltalls dunkler Raum.«
  Das Mondschaf.

Das Mondschaf liegt am Morgen tot.
Sein Leib ist weiß, die Sonn ist rot.
  Das Mondschaf.

LUNOVIS

Lunovis in planitie stat
Cultrumque magn' exspectitat.
  Lunovis.

Lunovis herba rapta it
In montes, unde cucurrit.
  Lunovis.

Lunovis habet somnium:
Se culmen rer' ess' omnium.
  Lunovis.

Lunovis mane mortuumst.
Sol ruber atque ips' albumst.
  Lunovis.

DAS MONDSCHAF

Das Mondschaf sagt sich selbst gut Nacht,
d. h., es wurde überdacht
von seinem eigenen Denker:
Der übergibt dies alles sich
mit einem kurzen Federstrich
als seinem eigenen Henker.

DIE TRICHTER

Zwei Trichter wandeln durch die Nacht.
Durch ihres Rumpfs verengten Schacht
fließt weißes Mondlicht
still und heiter
auf ihren
Waldweg
u. s.
w.

Der Rabe Ralf
   will will hu hu
dem niemand half
   still still du du
half sich allein
am Rabenstein
   will will still still
      hu hu

Die Nebelfrau
   will will hu hu
nimmts nicht genau
   still still du du
sie sagt nimm nimm
's ist nicht so schlimm
   will will still still
      hu hu

Doch als ein Jahr
   will will hu hu
vergangen war
   still still du du
da lag im Rot
der Rabe tot
   will will still still
      du du

FISCHES NACHTGESANG

—

◡ ◡

— — —

◡ ◡ ◡ ◡

— — —

◡ ◡ ◡ ◡

— — —

◡ ◡ ◡ ◡

— — —

◡ ◡ ◡ ◡

— — —

◡ ◡

—

GALGENBRUDERS FRÜHLINGSLIED

Es lenzet auch auf unserm Spahn,
o selige Epoche!
Ein Hälmlein will zum Lichte nahn
aus einem Astwurmloche.

Es schaukelt bald im Winde hin
und schaukelt bald drin her.
Mir ist beinah, ich wäre wer,
der ich doch nicht mehr bin ...

DES GALGENBRUDERS GEBET UND ERHÖRUNG

(Ein Nachtlied, im Jenseits vorzusingen)

Die Mond-Uhr wies auf halber ilf,
da rief ich laut: Gott hilf, Gott hilf!
Wie singt im nahen Röhricht
die Unke gar so töricht!

U u, u u, u u, u u –
So geht es immer und immerzu!
Ich kann solch lautes Grübeln
der Kröte nur verübeln.

So schweig doch still, verruchtes Maul!
Sonst freß dich gleich der Silbergaul!
Er frißt dich auf wie Hafer –
drum werde stiller, braver!...

– – – – – – – – – – –

– – – – – – – – – – –

– – – – – – – – – – –

– – – – – – – – – – –

Die Mond-Uhr wies dreiviertel ilf,
verweht war mein: Gott hilf, Gott hilf! –
Im nahen Röhricht aber
erschien der Silbertraber.

DAS PROBLEM

Der Zwölf-Elf kam auf sein Problem
und sprach: »Ich heiße unbequem.
Als hieß ich etwa Drei-Vier
statt Sieben – Gott verzeih mir!«

Und siehe da, der Zwölf-Elf nannt sich
von jenem Tag ab Dreiundzwanzig.

NEUE BILDUNGEN, DER NATUR VORGESCHLAGEN

Der Ochsenspatz
Die Kamelente
Der Regenlöwe
Die Turtelunke
Die Schoßeule
Der Walfischvogel
Die Quallenwanze
Der Gürtelstier
Der Pfauenochs
Der Werfuchs
Die Tagtigall
Der Sägeschwan
Der Süßwassermops
Der Weinpintscher
Das Sturmspiel
Der Eulenwurm
Der Giraffenigel
Das Rhinozepony
Die Gänseschmalzblume
Der Menschenbrotbaum.

NACHTBILD

Es horcht ein Hofhund hinterm Zaun –
(›Achtung! Hunde!‹)
Es horcht ein Hofhund hinterm Zaun
zur mitternächtigen Stunde.
Mit glühnden Augen steht der Hund
an einem Möbelwagen ...
Der Mensch ist fort. Die Nacht ist rund
mit Sternen ausgeschlagen.

DER TANZ

Ein Vierviertelschwein und eine Auftakteule
trafen sich im Schatten einer Säule,
die im Geiste ihres Schöpfers stand.
Und zum Spiel der Fiedelbogenpflanze
reichten sich die zwei zum Tanze
Fuß und Hand.

Und auf seinen dreien rosa Beinen
hüpfte das Vierviertelschwein graziös,
und die Auftakteul auf ihrem einen
wiegte rhythmisch ihr Gekrös.
Und der Schatten fiel,
und der Pflanze Spiel
klang verwirrend melodiös.

Doch des Schöpfers Hirn war nicht von Eisen,
und die Säule schwand, wie sie gekommen war,
und so mußte denn auch unser Paar
wieder in sein Nichts zurücke reisen.
Einen letzten Strich
tat der Geigerich –
und dann war nichts weiter zu beweisen.

DAS KNIE

Ein Knie geht einsam durch die Welt.
Es ist ein Knie, sonst nichts!
Es ist kein Baum! Es ist kein Zelt!
Es ist ein Knie, sonst nichts.

Im Kriege ward einmal ein Mann
erschossen um und um.
Das Knie allein blieb unverletzt –
als wärs ein Heiligtum.

Seitdem gehts einsam durch die Welt.
Es ist ein Knie, sonst nichts.
Es ist kein Baum, es ist kein Zelt.
Es ist ein Knie, sonst nichts.

DER SEUFZER

Ein Seufzer lief Schlittschuh auf nächtlichem Eis
und träumte von Liebe und Freude.
Es war an dem Stadtwall, und schneeweiß
glänzten die Stadtwallgebäude.

Der Seufzer dacht an ein Maidelein
und blieb erglühend stehen.
Da schmolz die Eisbahn unter ihm ein –
und er sank – und ward nimmer gesehen.

BIM, BAM, BUM

Ein Glockenton fliegt durch die Nacht,
als hätt er Vogelflügel;
er fliegt in römischer Kirchentracht
wohl über Tal und Hügel.

Er sucht die Glockentönin BIM,
die ihm vorausgeflogen;
d. h., die Sache ist sehr schlimm,
sie hat ihn nämlich betrogen.

»O komm,« so ruft er, »komm, dein BAM
erwartet dich voll Schmerzen.
Komm wieder, BIM, geliebtes Lamm,
dein BAM liebt dich von Herzen!«

Doch BIM, daß ihrs nur alle wißt,
hat sich dem BUM ergeben;
der ist zwar auch ein guter Christ,
allein das ist es eben.

Der BAM fliegt weiter durch die Nacht
wohl über Wald und Lichtung.
Doch, ach, er fliegt umsonst! Das macht,
er fliegt in falscher Richtung.

DAS AESTHETISCHE WIESEL

Ein Wiesel
saß auf einem Kiesel
inmitten Bachgeriesel.

Wißt ihr,
weshalb?

Das Mondkalb
verriet es mir
im stillen:

Das raffinier-
te Tier
tats um des Reimes willen.

DER SCHAUKELSTUHL AUF DER VERLASSENEN TERRASSE

Ich bin ein einsamer Schaukelstuhl
und wackel im Winde,
im Winde.

Auf der Terrasse, da ist es kuhl,
und ich wackel im Winde,
im Winde.

Und ich wackel und nackel den ganzen Tag.
Und es nackelt und rackelt die Linde.
Wer weiß, was sonst wohl noch wackeln mag
im Winde,
im Winde,
im Winde.

DIE BEICHTE DES WURMS

Es lebt in einer Muschel
ein Wurm gar seltner Art;
der hat mir mit Getuschel
sein Herze offenbart.

Sein armes kleines Herze,
hei, wie das flog und schlug!
Ihr denket wohl, ich scherze?
Ach, denket nicht so klug.

Es lebt in einer Muschel
ein Wurm gar seltner Art;
der hat mir mit Getuschel
sein Herze offenbart.

DAS WEIBLEIN MIT DER KUNKEL

Um stille Stübel schleicht des Monds
barbarisches Gefunkel –
im Gäßchen hoch im Norden wohnts,
das Weiblein mit der Kunkel.

Es spinnt und spinnt. Was spinnt es wohl?
Es spinnt und spintisieret...
Es trägt ein weißes Kamisol,
das seinen Körper zieret.

Um stille Stübel schleicht des Monds
barbarisches Gefunkel –
im Gäßchen hoch im Norden wohnts,
das Weiblein mit der Kunkel.

DIE MITTERNACHTSMAUS

Wenns mitternächtigt und nicht Mond
noch Stern das Himmelshaus bewohnt,
läuft zwölfmal durch das Himmelshaus
die Mitternachtsmaus.

Sie pfeift auf ihrem kleinen Maul, –
im Traume brüllt der Höllengaul …
Doch ruhig läuft ihr Pensum aus
die Mitternachtsmaus.

Ihr Herr, der große weiße Geist,
ist nämlich solche Nacht verreist.
Wohl ihm! Es hütet ihm sein Haus
die Mitternachtsmaus.

HIMMEL UND ERDE

Der Nachtwindhund weint wie ein Kind,
dieweil sein Fell von Regen rinnt.

Jetzt jagt er wild das Neumondweib,
das hinflieht mit gebognem Leib.

Tief unten geht, ein dunkler Punkt,
querüberfeld ein Forstadjunkt.

DER MOND

Als Gott den lieben Mond erschuf,
gab er ihm folgenden Beruf:

Beim Zu- sowohl wie beim Abnehmen
sich deutschen Lesern zu bequemen,

ein 𝔄 formierend und ein 𝔷 –
daß keiner groß zu denken hätt.

Befolgend dies, ward der Trabant
ein völlig deutscher Gegenstand.

MONDENDINGE

Dinge gehen vor im Mond,
die das Kalb selbst nicht gewohnt.

Tulemond und Mondamin
liegen heulend auf den Knien.

Heulend fletschen sie die Zähne
auf der schwefligen Hyäne.

Aus den Kratern aber steigt
Schweigen, das sie überschweigt.

Dinge gehen vor im Mond,
die das Kalb selbst nicht gewohnt.

Tulemond und Mondamin
liegen heulend auf den Knien . . .

DER MONDBERG-UHU

Der Mondberg-Uhu hat ein Bein,
sein linkes Bein, im Sonnenschein.
Das rechte Bein jedoch des Vogels
bewohnt das Schattenreich des Kogels.

Bis hundertfunfzig Grad im Licht
gibt Herschel ihm (zwar Langsley nicht),
im Dustern andrerseits desgleichen
dasselbe mit dem Minuszeichen.

Sein Wohl befiehlt ihm (man versteht),
daß er sich stetig ruckweis dreht.
Er funktioniert wie eine Uhr
und ist doch bloß ein Uhu nur.

DER HECHT

Ein Hecht, vom heiligen Antōn
bekehrt, beschloß, samt Frau und Sohn,
am vegetarischen Gedanken
moralisch sich emporzuranken.

Er aß seit jenem nur noch dies:
Seegras, Seerose und Seegrieß.
Doch Grieß, Gras, Rose floß, o Graus,
entsetzlich wieder hinten aus.

Der ganze Teich ward angesteckt.
Fünfhundert Fische sind verreckt.
Doch Sankt Antōn, gerufen eilig,
sprach nichts als »Heilig! heilig! heilig!«

DER NACHTSCHELM UND DAS SIEBENSCHWEIN ODER EINE GLÜCKLICHE EHE

Der Nachtschelm und das Siebenschwein,
die gingen eine Ehe ein,
  o wehe!
Sie hatten dreizehn Kinder, und
davon war eins der Schluchtenhund,
zwei andre waren Rehe.

Das vierte war die Rabenmaus,
das fünfte war ein Schneck samt Haus,
  o Wunder!
Das sechste war ein Käuzelein,
das siebte war ein Siebenschwein
und lebte in Burgunder.

Acht war ein Gürteltier nebst Gurt,
neun starb sofort nach der Geburt,
  o wehe!
Von zehn bis dreizehn ist nicht klar; –
doch wie dem auch gewesen war,
es war eine glückliche Ehe!

DIE BEIDEN ESEL

Ein finstrer Esel sprach einmal
zu seinem ehlichen Gemahl:

»Ich bin so dumm, du bist so dumm,
wir wollen sterben gehen, kumm!«

Doch wie es kommt so öfter eben:
Die beiden blieben fröhlich leben.

DER STEINOCHS

Der Steinochs schüttelt stumm sein Haupt,
daß jeder seine Kraft ihm glaubt.
Er spießt dich plötzlich auf sein Horn
und bohrt von hinten dich bis vorn.
  Weh!

Der Steinochs lebt von Berg zu Berg,
vor ihm wird, was da wandelt, Zwerg.
Er nährt sich meist – und das ist neu –
von menschlicher Gehirne Heu.
  Weh!

Der Steinochs ist kein Tier, das stirbt,
dieweil sein Fleisch niemals verdirbt.
Denn wir sind Staub, doch er ist Stein!
Du möchtest wohl auch Steinochs sein?
  He?

TAPETENBLUME

Tapetenblume bin ich fein,
kehr wieder ohne Ende,
doch, statt im Mai'n und Mondenschein,
auf jeder der vier Wände.

Du siehst mich nimmerdar genung,
so weit du blickst im Stübchen,
und folgst du mir per Rösselsprung –
wirst du verrückt, mein Liebchen.

DAS WASSER

Ohne Wort, ohne Wort
rinnt das Wasser immerfort;
andernfalls, andernfalls
spräch es doch nichts andres als:

Bier und Brot, Lieb und Treu, –
und das wäre auch nicht neu.
Dieses zeigt, dieses zeigt,
daß das Wasser besser schweigt.

DIE LUFT

Die Luft war einst dem Sterben nah.

»Hilf mir, mein himmlischer Papa,«
so rief sie mit sehr trübem Blick,
»ich werde dumm, ich werde dick;
du weißt ja sonst für alles Rat –
schick mich auf Reisen, in ein Bad,
auch saure Milch wird gern empfohlen; –
wenn nicht – laß ich den Teufel holen!«

Der Herr, sich scheuend vor Blamage,
erfand für sie die – Tonmassage.

Es gibt seitdem die Welt, die – schreit.
Wobei die Luft famos gedeiht.

WER DENN?

Ich gehe tausend Jahre
um einen kleinen Teich,
und jedes meiner Haare
bleibt sich im Wesen gleich,

im Wesen wie im Guten,
das ist doch alles eins;
so mag uns Gott behuten
in dieser Welt des Scheins!

DER LATTENZAUN

Es war einmal ein Lattenzaun,
mit Zwischenraum, hindurchzuschaun.

Ein Architekt, der dieses sah,
stand eines Abends plötzlich da –

und nahm den Zwischenraum heraus
und baute draus ein großes Haus.

Der Zaun indessen stand ganz dumm,
mit Latten ohne was herum.

Ein Anblick gräßlich und gemein.
Drum zog ihn der Senat auch ein.

Der Architekt jedoch entfloh
nach Afri- od- Ameriko.

DIE BEIDEN FLASCHEN

Zwei Flaschen stehn auf einer Bank,
die eine dick, die andre schlank.
Sie möchten gerne heiraten.
Doch wer soll ihnen beiraten?

Mit ihrem Doppel-Auge leiden
sie auf zum blauen Firmament...
Doch niemand kommt herabgerennt
und kopuliert die beiden.

DAS LIED VOM BLONDEN KORKEN

Ein blonder Korke spiegelt sich
in einem Lacktablett –
allein er säh sich dennoch nich,
selbst wenn er Augen hätt!

Das macht, dieweil er senkrecht steigt
zu seinem Spiegelbild!
Wenn man ihn freilich seitwärts neigt,
zerfällt, was oben gilt.

O Mensch, gesetzt, du spiegelst dich
im, sagen wir, im All!
Und senkrecht! – wärest du dann nich
ganz in demselben Fall?

DER WÜRFEL

Ein Würfel sprach zu sich: »Ich bin
mir selbst nicht völlig zum Gewinn!

Denn meines Wesens sechste Seite,
und sei es auch Ein Auge bloß,
sieht immerdar, statt in die Weite,
der Erde ewig dunklen Schoß.«

Als dies die Erde, drauf er ruhte,
vernommen, ward ihr schlimm zumute.

»Du Esel,« sprach sie, »ich bin dunkel,
weil dein Gesäß mich just bedeckt!
Ich bin so licht wie ein Karfunkel,
sobald du dich hinweggefleckt.«

Der Würfel, innerlichst beleidigt,
hat sich nicht weiter drauf verteidigt.

KRONPRÄTENDENTEN

– »Ich bin der Graf von Réaumur
und haß euch wie die Schande!
Dient nur dem Celsio für und für,
ihr Apostatenbande!«

Im Winkel König Fahrenheit
hat still sein Mus gegessen.
– »Ach Gott, sie war doch schön, die Zeit,
da man nach mir gemessen!«

DIE WESTE

Es lebt in Süditalien eine Weste
an einer Kirche dämmrigem Altar.
Versteht mich recht: Noch dient sie Gott aufs beste.
Doch wie in Adam schon Herr Haeckel war,
(zum Beispiel bloß), so steckt in diesem Reste
Brokat voll Silberblümlein wunderbar
schon heut der krause Übergang verborgen
vom Geist von gestern auf den Wanst von morgen.

DER WALFAFISCH
ODER DAS ÜBERWASSER

Das Wasser rinnt, das Wasser spinnt,
bis es die ganze Welt gewinnt.
  Das Dorf ersäuft,
  die Eule läuft,
und auf der Eiche sitzt ein Kind.

Dem Kind sind schon die Beinchen naß,
es ruft: »Das Wass, das Wass, das Wass!«
  Der Walfisch weint
  und sagt: »Mir scheint,
es regnet ohne Unterlaß.«

Das Wasser rann mit Zasch und Zisch,
die Erde ward zum Wassertisch.
  Und Kind und Eul,
  o Greul, o Greul –
sie frissifraß der Walfafisch.

DIE WESTKÜSTEN

Die Westküsten traten eines Tages zusammen
und erklärten, sie seien keine Westküsten,
weder Ostküsten noch Westküsten –
»daß sie nicht wüßten!«

Sie wollten wieder ihre Freiheit haben
und für immer das Joch des Namens abschütteln,
womit eine Horde von Menschenbütteln
sich angemaßt habe, sie zu begaben.

Doch wie sich befreien, wie sich erretten
aus diesen widerwärtigen Ketten?
»Ihr Westküsten,« fing eine an zu spotten,
»gedenkt ihr den Menschen etwan auszurotten?«

»Und wenn schon!« rief eine andre schrill.
»Wenn ich seine Magd nicht mehr heißen will?« –
»Dann blieben aber immer noch die Atlanten«, –
meinte eine von den asiatischen Tanten.

Schließlich, wie immer in solchen Fällen,
tat man eine Resolution aufstellen.
Fünfhundert Tintenfische wurden aufgetrieben,
und mit ihnen wurde folgendes geschrieben:

Wir Westküsten erklären hiermit einstimmig,
daß es uns nicht gibt, und zeichnen hochachtungsvoll:
Die vereinigten Westküsten der Erde. –
Und nun wollte man, daß dies verbreitet werde.

Sie riefen den Walfisch, doch er tats nicht achten;
sie riefen die Möwen, doch die Möwen lachten;
sie riefen die Wolke, doch die Wolke vernahm nicht;
sie riefen ich weiß nicht was, doch ich weiß nicht was
kam nicht.

»Ja, wieso denn, wieso?« schrie die Küste von Ekuador:
»Wärst du etwa kein Walfisch, du grober Tor?«
»Sehr richtig«, sagte der Walfisch mit vollkommener
Ruh:
»Dein Denken, liebe Küste, dein Denken macht mich
erst dazu.«

Da wars den Küsten, als sähn sie sich im Spiegel:
ganz seltsam erschien ihnen plötzlich ihr Gewiegel.
Still schwammen sie heim, eine jede nach ihrem Land.
Und die Resolution, die blieb unversandt.

PHILANTHROPISCH

Ein nervöser Mensch auf einer Wiese
wäre besser ohne sie daran;
darum seh er, wie er ohne diese
(meistens mindestens) leben kann.

Kaum, daß er gelegt sich auf die Gräser,
naht der Ameis, Heuschreck, Mück und Wurm,
naht der Tausendfuß und Ohrenbläser,
und die Hummel ruft zum Sturm.

Ein nervöser Mensch auf einer Wiese
tut drum besser, wieder aufzustehn
und dafür in andre Paradiese
(beispielshalber: weg) zu gehn.

DAS HEMMED

Kennst du das einsame Hemmed?
   Flattertata, flattertata.

Ders trug, ist baß verdämmet!
   Flattertata, flattertata.

Es knattert und rattert im Winde.
   Windurudei, windurudei.

Es weint wie ein kleines Kinde.
   Windurudei, windurudei.

Das ist das einsame
   Hemmed.

UNTER SCHWARZKÜNSTLERN

Eines Mittags las man:
  Pfiffe zu mieten gesucht!
  Hundertweis, zu jedem Preis!
  Victor Emanuel Wasmann!

Um sechs Uhr kam der erste Pfiff
von einem alten Kohlenschiff.
Um acht Uhr warens tausend schon.
Um neun Uhr eine halbe Million.

Victor Emanuel Wasmann schlug
die Türe zu: »Nun ists genug!
Hört zu, ihr Pfiffe!
Ich habe einen Feind,« (hört! hört!)
»der mir des Nachts die Ruhe stört, –
auf den sollt ihr marschieren!

Er hat Gelächter angestellt,
die schickt er nachts mir an mein Bett,
da hocken sie auf der Decke,
mit Flügeln weiß und Flügeln rot,
und krähn und flattern mich zu Tod. –
Doch alles hat sein Ende.«

Die Pfiffe pfiffen wie Ein Mann;
empfingen ihren Sold sodann.
(Ein Schusterjungenpfiff sogar
bot Wasmann sich als Bravo dar.)

Drauf ließ er sie durchs Ofenloch …
Doch lange stand er brütend noch,
schrieb Zeichen, hob die Hand und schwur,
ein schwarzer Meister der Natur …

*

Bald nach diesem ging
ein Herr Axel Ring
kurzerhand
außer Land. –

Wasmann hatte gesiegt.

UNTER ZEITEN

Das Perfekt und das Imperfekt
   tranken Sekt.
Sie stießen aufs Futurum an
(was man wohl gelten lassen kann).

Plusquamper und Exaktfutur
   blinzten nur.

DER TRAUM DER MAGD

Am Morgen spricht die Magd ganz wild:
»Ich hab heut nacht ein Kind gestillt –

ein Kind mit einem Käs als Kopf –
und einem Horn am Hinterschopf!

Das Horn, o denkt euch, war aus Salz
und ging zu essen, und dann –«

»Halt's –
halt's Maul«, so spricht die Frau, »und geh
an deinen Dienst, Zä-zi-li-ē!«

ZÄZILIE

I

Das erste, des Zäzilie beflissen,
ist dies: sie nimmt von Tisch und Stuhl die Bücher
und legt sie Stück auf Stück, wie Taschentücher,
jeweils nach bestem Wissen und Gewissen.

Desgleichen ordnet sie die Schreibereien,
die Hefte, Mappen, Bleis und Gänsekiele,
vor Augen nur das eine Ziel der Ziele,
dem Genius Ordnung das Gemach zu weihen.

Denn Sauberkeit ist nicht zwar ihre Stärke,
doch Ordnung, Ordnung ist ihr eingeboren.
Ein Scheuerweib ist nicht an ihr verloren.
Dafür ist Symmetrie in ihrem Werke.

II

Zäzilie soll die Fenster putzen,
sich selbst zum Gram, jedoch dem Haus zum Nutzen.

»Durch meine Fenster muß man«, spricht die Frau,
»so durchsehn können, daß man nicht genau
erkennen kann, ob dieser Fenster Glas
Glas oder bloße Luft ist. Merk dir das.«

Zäzilie ringt mit allen Menschen-Waffen...
Doch Ähnlichkeit mit Luft ist nicht zu schaffen.
Zuletzt ermannt sie sich mit einem Schrei –
und schlägt die Fenster allesamt entzwei!
Dann säubert sie die Rahmen von den Resten,
und ohne Zweifel ist es so am besten.
Sogar die Dame spricht zunächst verdutzt:
»So hat Zäzilie ja noch nie geputzt.«

Doch alsobald ersieht man, was geschehn,
und sagt einstimmig: »Diese Magd muß gehn.«

ANTO-LOGIE

Im Anfang lebte, wie bekannt,
als größter Säuger der G i g - ant.

Wobei g i g eine Zahl ist, die
es nicht mehr gibt, – so groß war sie!

Doch jene Größe schwand wie Rauch.
Zeit gabs genug – und Zahlen auch.

Bis eines Tags, ein winzig Ding,
der Z w ö l e f - ant das Reich empfing.

Wo blieb sein Reich? Wo blieb er selb? –
Sein Bein wird im Museum gelb.

Zwar gab die gütige Natur
den E l e f - anten uns dafur.

Doch ach, der Pulverpavian,
der Mensch, voll Gier nach seinem Zahn,

erschießt ihn, statt ihm Zeit zu lassen,
zum Z e h e n - anten zu verblassen.

O ›Klub zum Schutz der wilden Tiere‹,
hilf, daß der Mensch nicht ruiniere

die Sprossen dieser Riesenleiter,
die stets noch weiter führt und weiter!

Wie dankbar wird der Ant dir sein,
läßt du ihn wachsen und gedeihn, –

bis er dereinst im Nebel hinten
als Nulel-ant wird stumm verschwinden.

DIE HYSTRIX

Das hinterindische Stachelschwein
(hystrix grotei Gray),
das hinterindische Stachelschwein
aus Siam, das tut weh.

Entdeckst du wo im Walde drauß
bei Siam seine Spur,
dann tritt es manchmal, sagt man, aus
den Schranken der Natur.

Dann gibt sein Zorn ihm so Gewalt,
daß, eh du dich versiehst,
es seine Stacheln jung und alt
auf deinen Leib verschießt.

Von oben bis hinab sodann
stehst du gespickt am Baum,
ein heiliger Sebastian,
und traust den Augen kaum.

Die Hystrix aber geht hinweg,
an Leib und Seele wüst.
Sie sitzt im Dschungel im Versteck
und büßt.

DAS NASOBĒM

Auf seinen Nasen schreitet
einher das Nasobēm.
von seinem Kind begleitet.
Es steht noch nicht im Brehm.

Es steht noch nicht im Meyer.
Und auch im Brockhaus nicht.
Es trat aus meiner Leyer
zum ersten Mal ans Licht.

Auf seinen Nasen schreitet
(wie schon gesagt) seitdem,
von seinem Kind begleitet,
einher das Nasobēm.

DIE PROBE

Zu einem seltsamen Versuch
erstand ich mir ein Nadelbuch.

Und zu dem Buch ein altes zwar,
doch äußerst kühnes Dromedar.

Ein Reicher auch daneben stand,
zween Säcke Gold in jeder Hand.

Der Reiche ging alsdann herfür
und klopfte an die Himmelstür.

Drauf Petrus sprach: »Geschrieben steht,
daß ein Kamel weit eher geht

durchs Nadelöhr als du, du Heid,
durch diese Türe groß und breit!«

Ich, glaubend fest an Gottes Wort,
ermunterte das Tier sofort,

ihm zeigend hinterm Nadelöhr
ein Zuckerhörnchen als Douceur.

Und in der Tat! Das Vieh ging durch,
obzwar sich quetschend wie ein Lurch!

Der Reiche aber sah ganz stier
und sagte nichts als: »Wehe mir!«

IM JAHRE 19000

Die Ameisen oder Emsen
sind so weit jetzt, daß sie Gemsen
sich als Sklaven halten (aus
Gründen ihres Körperbaus).

Da sie selber sehr viel kleiner,
so bedienen sie sich einer
Gemse oder zweier Gemsen
zu Gebirgspartien, die Emsen.

Ist sodann ein Adlernest
abgesucht bis auf den Rest,
gehn sie endlich, zog der Weih
schon den Ameisbären bei,

wieder ihm aus Horst und Rock –
und besteigen ihren Bock,
der sie, wie ein Stein, der springt,
heim zu ihrem Hügel bringt.

Angepflöckt, so stehn die Gemsen
in der Nähe dort der Emsen,
bei den Läusen u.s.w.
und verwünschen ihre Reiter.

DIE SCHILDKRÖKRÖTE

»Ich bin nun tausend Jahre alt
und werde täglich älter;
der Gotenkönig Theobald
erzog mich im Behälter.

Seitdem ist mancherlei geschehn,
doch weiß ich nichts davon;
zur Zeit, da läßt für Geld mich sehn
ein Kaufmann zu Heilbronn.

Ich kenne nicht des Todes Bild
und nicht des Sterbens Nöte:
Ich bin die Schild – ich bin die Schild –
ich bin die Schild – krö – kröte.«

DER GAUL

Es läutet beim Professor Stein.
Die Köchin rupft die Hühner.
Die Minna geht: Wer kann das sein? –
  Ein Gaul steht vor der Türe.

Die Minna wirft die Türe zu.
Die Köchin kommt: Was gibts denn?
Das Fräulein kommt im Morgenschuh.
  Es kommt die ganze Familie.

»Ich bin, verzeihn Sie,« spricht der Gaul,
»der Gaul vom Tischler Bartels.
Ich brachte Ihnen dazumaul
  die Tür- und Fensterrahmen!«

Die vierzehn Leute samt dem Mops,
sie stehn, als ob sie träumten.
Das kleinste Kind tut einen Hops,
  die andern stehn wie Bäume.

Der Gaul, da keiner ihn versteht,
schnalzt bloß mal mit der Zunge,
dann kehrt er still sich ab und geht
  die Treppe wieder hinunter.

Die dreizehn schaun auf ihren Herrn,
ob er nicht sprechen möchte.
»Das war«, spricht der Professor Stein,
»ein unerhörtes Erlebnis!« ...

DER HEROISCHE PUDEL

Ein schwarzer Pudel, dessen Haar
des Abends noch wie Kohle war,
betrübte sich so höllenheiß,
weil seine Dame Flügel spielte,
trotzdem er heulte: daß (o Preis
dem Schmerz, der solchen Sieg erzielte!)
er beim Gekräh der Morgenhähne
aufstand als wie ein hoher Greis –
mit einer silberweißen Mähne.

DAS HUHN

In der Bahnhofhalle, nicht für es gebaut,
geht ein Huhn
hin und her...
Wo, wo ist der Herr Stationsvorsteh'r?
Wird dem Huhn
man nichts tun?
Hoffen wir es! Sagen wir es laut:
daß ihm unsre Sympathie gehört,
selbst an dieser Stätte, wo es – ›stört‹!

MÖWENLIED

Die Möwen sehen alle aus,
als ob sie Emma hießen.
Sie tragen einen weißen Flaus
und sind mit Schrot zu schießen.

Ich schieße keine Möwe tot,
ich laß sie lieber leben –
und füttre sie mit Roggenbrot
und rötlichen Zibeben.

O Mensch, du wirst nie nebenbei
der Möwe Flug erreichen.
Wofern du Emma heißest, sei
zufrieden, ihr zu gleichen.

IGEL UND AGEL

Ein Igel saß auf einem Stein
und blies auf einem Stachel sein.
Schalmeiala, schalmeialü!
Da kam sein Feinslieb Agel
und tat ihm schnigel schnagel
zu seinen Melodein.
Schnigula schnagula
schnaguleia lü!

Das Tier verblies sein Flötenhemd ...
»Wie siehst du aus so furchtbar fremd!?«
Schalmeiala, schalmeialü –.
Feins-Agel ging zum Nachbar, ach!
Den Igel aber hat der Bach
zum Weiher fortgeschwemmt.
Wigula wagula
waguleia wü
tü tü ...

DER WERWOLF

Ein Werwolf eines Nachts entwich
von Weib und Kind und sich begab
an eines Dorfschullehrers Grab
und bat ihn: »Bitte, beuge mich!«

Der Dorfschulmeister stieg hinauf
auf seines Blechschilds Messingknauf
und sprach zum Wolf, der seine Pfoten
geduldig kreuzte vor dem Toten:

»Der Werwolf,« sprach der gute Mann,
»des Weswolfs, Genitiv sodann,
dem Wemwolf, Dativ, wie mans nennt,
den Wenwolf, – damit hats ein End.«

Dem Werwolf schmeichelten die Fälle,
er rollte seine Augenbälle.
»Indessen,« bat er, »füge doch
zur Einzahl auch die Mehrzahl noch!«

Der Dorfschulmeister aber mußte
gestehn, daß er von ihr nichts wußte.
Zwar Wölfe gäbs in großer Schar,
doch ›Wer‹ gäbs nur im Singular.

Der Wolf erhob sich tränenblind –
er hatte ja doch Weib und Kind!!
Doch da er kein Gelehrter eben,
so schied er dankend und ergeben.

DIE FINGUR

Es lacht die Nachtalp-Henne,
es weint die Windhorn-Gans,
es bläst der schwarze Senne
zum Tanz.

Ein Uhu-Tauber turtelt
nach seiner Uhuin.
Ein kleiner Sechs-Elf hurtelt
von Busch zu Busch dahin . . .

Und Wiedergänger gehen,
und Raben rufen kolk,
und aus den Teichen sehen
die Fingur und ihr Volk . . .

DAS FEST DES WÜSTLINGS

(Zu flüstern)

Was stört so schrill die stille Nacht?
Was sprüht der Lichter Lüsterpracht?
  Das ist das Fest des Wüstlings!

Was huscht und hascht und weint und lacht?
Was cymbelt gell? Was flüstert sacht?
  Das ist das Fest des Wüstlings!

Die Pracht der Nacht ist jach entfacht!
Die Tugend stirbt, das Laster lacht!
  Das ist das Fest des Wüstlings!

KM 21

Ein Rabe saß auf einem Meilenstein
und rief Ka-em-zwei-ein, Ka-em-zwei-ein . . .

Der Werhund lief vorbei, im Maul ein Bein,
der Rabe rief Ka-em-zwei-ein, zwei-ein.

Vorüber zottelte das Zapfenschwein,
der Rabe rief und rief Ka-em-zwei-ein.

»Er ist besessen!« – kam man überein.
»Man führe ihn hinweg von diesem Stein!«

Zwei Hasen brachten ihn zum Kräuterdachs.
Sein Hirn war ganz verstört und weich wie Wachs.

Noch sterbend rief er (denn er starb dort) sein
Ka-em-zwei-ein, Ka-em, Ka-em-zwei-ein.

GEISS UND SCHLEICHE

Die Schleiche singt ihr Nachtgebet,
die Waldgeiß staunend vor ihr steht.

Die Waldgeiß schüttelt ihren Bart
wie ein Magister hochgelahrt.

Sie weiß nicht, was die Schleiche singt,
sie hört nur, daß es lieblich klingt.

Die Schleiche fällt in Schlaf alsbald.
Die Geiß geht sinnend durch den Wald.

EINE STIMMUNG
AUS DEM VIERTEN KREIS

Zwei Hände, die so weiß, so weiß
als wie ein schlohweiß Laken,
vereinten sich im vierten Kreis,
während sie sonst gewohnterweis
in zwei verschiednen Taschen staken.

Sie zitterten, jedoch nur leis,
als ob sie vor sich selbst erschraken,
sie fühlten sich auf fremdem Gleis,
und dennoch taten sie mit Fleiß
sich ineinander haken.

DIE ZWEI WURZELN

Zwei Tannenwurzeln groß und alt
unterhalten sich im Wald.

Was droben in den Wipfeln rauscht,
das wird hier unten ausgetauscht.

Ein altes Eichhorn sitzt dabei
und strickt wohl Strümpfe für die zwei.

Die eine sagt: knig. Die andre sagt: knag.
Das ist genug für einen Tag.

DAS GEBURTSLIED
ODER: DIE ZEICHEN
ODER: SOPHIE UND KEIN ENDE

Ein Kindelein
im Windelein
heut macht es noch ins Bindelein;
doch um das Haus
o Graus o Graus
da blasen böse Windelein.

»Ein Mädelein«
rufts Hedelein
und kneift ihm in die Wädelein.
Doch an dem Haus
o Graus o Graus
da wackeln alle Lädelein.

Ein Eulelein
schiebts Mäulelein
vorbei am Fenstersäulelein.
Es ruft ins Haus
o Graus o Graus
hört ihr die Silbergäulelein.

Ein Würmelein
im Stürmelein
fliegt nieder von dem Türmelein.
Es ruft o Graus:
»Es regnet drauß
so gebt mir doch ein Schirmelein.«

O Kindelein
im Windelein
heut machst du noch ins Bindelein.
Doch gehst du aus
im langen Flaus
wirst du ein Vagabündel sein.

GALGENKINDES WIEGENLIED

Schlaf, Kindlein, schlaf,
am Himmel steht ein Schaf;
das Schaf, das ist aus Wasserdampf
und kämpft wie du den Lebenskampf.
Schlaf, Kindlein, schlaf.

Schlaf, Kindlein, schlaf,
die Sonne frißt das Schaf,
sie leckt es weg vom blauen Grund
mit langer Zunge wie ein Hund.
Schlaf, Kindlein, schlaf.

Schlaf, Kindlein, schlaf.
Nun ist es fort, das Schaf.
Es kommt der Mond und schilt sein Weib;
die läuft ihm weg, das Schaf im Leib.
Schlaf, Kindlein, schlaf.

WIE SICH DAS GALGENKIND DIE MONATSNAMEN MERKT

Jaguar
Zebra
Nerz
Mandrill
Maikäfer
Pony
Muli
Auerochs
Wespenbär
Locktauber
Robbenbär
Zehenbär

DER PURZELBAUM

Ein Purzelbaum trat vor mich hin
und sagte: »Du nur siehst mich
und weißt, was für ein Baum ich bin:
Ich schieße nicht, man schießt mich.

Und trag ich Frucht? Ich glaube kaum;
auch bin ich nicht verwurzelt.
Ich bin nur noch ein Purzeltraum,
sobald ich hingepurzelt.«

»Je nun,« so sprach ich, »bester Schatz,
du bist doch klug und siehst uns: –
nun, auch für uns besteht der Satz:
Wir schießen nicht, es schießt uns.

Auch Wurzeln treibt man nicht so bald
und Früchte nun erst recht nicht.
Geh heim in deinen Purzelwald,
und lästre dein Geschlecht nicht.«

PALMSTRÖM

PALMSTRÖM

Palmström steht an einem Teiche
und entfaltet groß ein rotes Taschentuch:
Auf dem Tuch ist eine Eiche
dargestellt sowie ein Mensch mit einem Buch.

Palmström wagt nicht, sich hineinzuschneuzen.
Er gehört zu jenen Käuzen,
die oft unvermittelt-nackt
Ehrfurcht vor dem Schönen packt.

Zärtlich faltet er zusammen,
was er eben erst entbreitet.
Und kein Fühlender wird ihn verdammen,
weil er ungeschneuzt entschreitet.

DAS BÖHMISCHE DORF

Palmström reist, mit einem Herrn v. Korf,
in ein sogenanntes böhmisches Dorf.

Unverständlich bleibt ihm alles dort,
von dem ersten bis zum letzten Wort.

Auch v. Korf (der nur des Reimes wegen
ihn begleitet) ist um Rat verlegen.

Doch just dieses macht ihn blaß vor Glück.
Tief entzückt kehrt unser Freund zurück.

Und er schreibt in seine Wochenchronik:
Wieder ein Erlebnis, voll von Honig!

NACH NORDEN

Palmström ist nervös geworden;
darum schläft er jetzt nach Norden.

Denn nach Osten, Westen, Süden
schlafen, heißt das Herz ermüden.

(Wenn man nämlich in Europen
lebt, nicht südlich in den Tropen.)

Solches steht bei zwei Gelehrten,
die auch Dickens schon bekehrten –

und erklärt sich aus dem steten
Magnetismus des Planeten.

Palmström also heilt sich örtlich,
nimmt sein Bett und stellt es nördlich.

Und im Traum, in einigen Fällen,
hört er den Polarfuchs bellen.

WEST-ÖSTLICH

Als er dies v. Korf erzählt,
fühlt sich dieser leicht gequält;

denn für ihn ist Selbstverstehung
daß man mit der Erdumdrehung

schlafen müsse, mit den Pfosten
seines Körpers strikt nach Osten.

Und so scherzt er kaustisch-köstlich:
»Nein, m e i n Diwan bleibt – west-östlich!«

DER VORGESCHLAFENE HEILSCHLAF

Palmström schläft vor zwölf Experten
den berühmten ›Schlaf vor Mitternacht‹,
  seine Heilkraft zu erhärten.

Als er, da es zwölf, erwacht,
sind die zwölf Experten sämtlich müde.
  Er allein ist frisch wie eine junge Rüde!

BILDHAUERISCHES

Palmström haut aus seinen Federbetten,
sozusagen, Marmorimpressionen:
Götter, Menschen, Bestien und Dämonen.

Aus dem Stegreif faßt er in die Daunen
des Plumeaus und springt zurück, zu prüfen,
leuchterschwingend, seine Schöpferlaunen.

Und im Spiel der Lichter und der Schatten
schaut er Zeuse, Ritter und Mulatten,
Tigerköpfe, Putten und Madonnen . . .

träumt: Wenn Bildner all dies wirklich schüfen,
würden sie den Ruhm des Alters retten,
würden Rom und Hellas übersonnen!

DIE KUGELN

Palmström nimmt Papier aus seinem Schube.
Und verteilt es kunstvoll in der Stube.

Und nachdem er Kugeln draus gemacht.
Und verteilt es kunstvoll, und zur Nacht.

Und verteilt die Kugeln so (zur Nacht),
daß er, wenn er plötzlich nachts erwacht,

daß er, wenn er nachts erwacht, die Kugeln
knistern hört und ihn ein heimlich Grugeln

packt (daß ihn dann nachts ein heimlich Grugeln
packt) beim Spuk der packpapiernen Kugeln . . .

ZUKUNFTSSORGEN

Korf, den Ahnung leicht erschreckt,
sieht den Himmel schon bedeckt
von Ballonen jeder Größe
und verfertigt ganze Stöße
von Entwürfen zu Statuten
eines Klubs zur resoluten
Wahrung der gedachten Zone
vor der Willkür der Ballone.

Doch er ahnt schon, ach, beim Schreiben
seinen Klub im Rückstand bleiben:
Dämmrig, dünkt ihn, wird die Luft
und die Landschaft Grab und Gruft.
Er begibt sich drum der Feder,
steckt das Licht an (wie dann jeder),
tritt damit bei Palmström ein,
und so sitzen sie zu zwein.

Endlich, nach vier langen Stunden,
ist der Alpdruck überwunden.
Palmström bricht zuerst den Bann:
»Korf,« so spricht er, »sei ein Mann!
Du vergreifst dich im Jahrzehnt:
Noch wird all das erst ersehnt,
was, vom Geist dir vorgegaukelt,
heut dein Haupt schon überschaukelt.«

Korf entrafft sich dem Gesicht.
Niemand fliegt im goldnen Licht!
Er verlöscht die Kerze schweigend.
Doch dann, auf die Sonne zeigend,
spricht er: »Wenn nicht jetzt, so einst –
kommt es, daß du nicht mehr scheinst,
wenigstens nicht uns, den – grausend
sag ichs –: unteren Zehntausend!« . . .

Wieder sitzt v. Korf danach
stumm in seinem Schreibgemach
und entwirft Statuten eines
Klubs zum Schutz des Sonnenscheines.

DAS WARENHAUS

Palmström kann nicht ohne Post
leben:
Sie ist seiner Tage Kost.

Täglich dreimal ist er ganz
Spannung.
Täglich ists der gleiche Tanz:

Selten hört er einen Brief
plumpen
in den Kasten breit und tief.

Düster schilt er auf den Mann,
welcher,
wie man weiß, nichts dafür kann.

Endlich kommt er drauf zurück,
auf das:
›Warenhaus für Kleines Glück‹.

Und bestellt dort, frisch vom Rost
(quasi):
ein Quartal – ›Gemischte Post‹!

Und nun kommt von früh bis spät
  Post von
aller Art und Qualität.

Jedermann teilt sich ihm mit,
  brieflich,
denkt an ihn auf Schritt und Tritt.

Palmström sieht sich in die Welt
  plötzlich
überall hineingestellt . . .

Und ihm wird schon wirr und weh . . .
  Doch es
ist ja nur das – ›W. K. G.‹

LÄRMSCHUTZ

Palmström liebt, sich in Geräusch zu wickeln,
teils zur Abwehr wider fremde Lärme,
teils um sich vor drittem Ohr zu schirmen.

Und so läßt er sich um seine Zimmer
Wasserröhren legen, welche brausen.
Und ergeht sich, so behütet, oft in

stundenlangen Monologen, stunden-
langen Monologen, gleich dem Redner
von Athen, der in die Brandung brüllte,

gleich Demosthenes am Strand des Meeres.

BONA FIDE

Palmström geht durch eine fremde Stadt . . .
Lieber Gott, so denkt er, welch ein Regen!
Und er spannt den Schirm auf, den er hat.

Doch am Himmel tut sich nichts bewegen,
und kein Windhauch rührt ein Blatt.
Gleichwohl darf man jenen Argwohn hegen.

Denn das Pflaster, über das er wandelt,
ist vom Magistrat voll List – gesprenkelt.
Bona fide hat der Gast gehandelt.

THEATER

I

Palmström denkt sich Dieses aus:
Ein quadratisch Bühnenhaus,

mit (v. Korf begreift es kaum)
drehbarem Zuschauerraum.

Viermal wechselt Dichters Welt,
viermal wirst du umgestellt.

Auf vier Bühnen tief und breit
schaust du basse Wirklichkeit.

Denn in dieser Quadratur,
wo pro Jahr Ein Drama nur,

wird natürlich jeder Akt
höchst veristisch angepackt.

Mauern siehst du da von Stein,
Bäche murmeln quick und rein,

Erdreich riechst du schlecht und recht,
Gras und Baum blühn wurzelecht.

Alles steht hier für ein Jahr
und ist deshalb wirklich wahr. –

Palmström macht sich ein Modell:
formt aus Rauschgold einen Quell

und aus Schächtelchen ein Dorf . . .
und verehrt das Ganze Korf.

II

Korf läßt dies Problem nicht schlafen,
und er fühlt sich erst im Hafen,
als er Palmström, voll vom Geist,
eine Art von – Zollstock weist.

»Siehst du diesen Zollstock«, spricht er; –
»dieser Zollstock ist ein Dichter:
Brich mit Kunst ihn hin und wieder,
nütze seine vielen Glieder,
und ein Baum erwächst daraus
und ein Kirchturm und ein Haus
und ein Fenster und ein Ofen –
eine Sphinx für Philosophen!
Wolken von besondrer Schwere,
Schiffe hinten auf dem Meere,
Sternenbilder, Alpenketten
formst du draus gleich Silhouetten,
kurz, in linearem Risse
schaffst du jegliche Kulisse.
›Wirklichkeit‹ zwar schaust du nie,
doch es jauchzt die Phantasie.

Deine massigen Materien,
Palmström, schick sie in die Ferien!
Statt ein schildkrötplumpes Leben
laß uns Blitzstrahl-Chiffren geben. –
Ja, fürwahr, gezückt mit Witz,
wird dies schwache Reis zum Blitz,
der, des Dichters Blitz verbündet,
dessen Wortwelt hintergründet!« . . .

DIE WISSENSCHAFT

So beschließen beide denn
nach so manchem Doch und Wenn,

sich mit ihren Theorien
vor die Wissenschaft zu knien.

Doch die Wissenschaft, man weiß es,
achtet nicht des Laienfleißes.

Hier auch schürzt sie nur den Mund,
murmelt von ›Phantasmen‹ und

beugt sich wieder dann auf ihre
wichtigen Spezialpapiere.

»Komm,« spricht Palmström, »Kamerad, –
alles Feinste bleibt – privat!«

SPRACHSTUDIEN

Korf und Palmström nehmen Lektionen,
um das Wetter-Wendische zu lernen.
Täglich pilgern sie zu den modernen
Ollendorffschen Sprachlehrgrammophonen.

Dort nun lassen sie mit vielen andern,
welche gleichfalls steile Charaktere
(gleich als obs ein Ziel für Edle wäre),
sich im Wetter-Wendischen bewandern.

Dies Idiom behebt den Geist der Schwere,
macht sie unstet, launisch und cholerisch . . .
Doch die Sache bleibt nur peripherisch.
Und sie werden wieder – Charaktere.

IM TIERKOSTÜM

Palmström liebt es, Tiere nachzuahmen,
und erzieht zwei junge Schneider
lediglich auf Tierkostüme.

So z. B. hockt er gern als Rabe
auf dem oberen Aste einer Eiche
und beobachtet den Himmel.

Häufig auch als Bernhardiner
legt er zottigen Kopf auf tapfere Pfoten,
bellt im Schlaf und träumt gerettete Wanderer.

Oder spinnt ein Netz in seinem Garten
aus Spagat und sitzt als eine Spinne
tagelang in dessen Mitte.

Oder schwimmt, ein glotzgeäugter Karpfen,
rund um die Fontäne seines Teiches
und erlaubt den Kindern, ihn zu füttern.

Oder hängt sich im Kostüm des Storches
unter eines Luftschiffs Gondel
und verreist so nach Ägypten.

DIE TAGNACHTLAMPE

Korf erfindet eine Tagnachtlampe,
die, sobald sie angedreht,
selbst den hellsten Tag
in Nacht verwandelt.

Als er sie vor des Kongresses Rampe
demonstriert, vermag
niemand, der sein Fach versteht,
zu verkennen, daß es sich hier handelt –

(Finster wirds am hellerlichten Tag,
und ein Beifallssturm das Haus durchweht.)
(Und man ruft dem Diener Mampe:
»Licht anzünden!«) – daß es sich hier handelt

um das Faktum: daß gedachte Lampe,
in der Tat, wenn angedreht,
selbst den hellsten Tag
in Nacht verwandelt.

DIE KORFSCHE UHR

Korf erfindet eine Uhr,
die mit zwei Paar Zeigern kreist
und damit nach vorn nicht nur,
sondern auch nach rückwärts weist.

Zeigt sie zwei, – somit auch zehn;
zeigt sie drei, – somit auch neun;
und man braucht nur hinzusehn,
um die Zeit nicht mehr zu scheun.

Denn auf dieser Uhr von Korfen
mit dem janushaften Lauf
(dazu ward sie so entworfen):
hebt die Zeit sich selber auf.

PALMSTRÖMS UHR

Palmströms Uhr ist andrer Art,
reagiert mimosisch zart.

Wer sie bittet, wird empfangen.
Oft schon ist sie so gegangen,

wie man herzlich sie gebeten,
ist zurück- und vorgetreten,

eine Stunde, zwei, drei Stunden,
je nachdem sie mitempfunden.

Selbst als Uhr, mit ihren Zeiten,
will sie nicht Prinzipien reiten:

Zwar ein Werk, wie allerwärts,
doch zugleich ein Werk – mit Herz.

KORFS GERUCHSINN

Korfs Geruchsinn ist enorm.
Doch der Nebenwelt gebrichts! –
und ihr Wort: »Wir riechen nichts«
bringt ihn oft aus aller Form.

Und er schreibt wie Stendhal Beyle
stumm in sein Notizbuch ein:
Einst, nach überlanger Weile,
werde ich verstanden sein.

DIE GERUCHS-ORGEL

Palmström baut sich eine Geruchs-Orgel
und spielt drauf v. Korfs Nieswurz-Sonate.

Diese beginnt mit Alpenkräuter-Triolen
und erfreut durch eine Akazien-Arie.

Doch im Scherzo, plötzlich und unerwartet,
zwischen Tuberosen und Eukalyptus,

folgen die drei berühmten Nieswurz-Stellen,
welche der Sonate den Namen geben.

Palmström fällt bei diesen Ha-Cis-Synkopen
jedesmal beinahe vom Sessel, während

Korf daheim, am sichern Schreibtisch sitzend,
Opus hinter Opus aufs Papier wirft ...

DER AROMAT

Angeregt durch Korfs Geruchs-Sonaten,
gründen Freunde einen ›Aromaten‹.

Einen Raum, in welchem, kurz gesprochen,
nicht geschluckt wird, sondern nur gerochen.

Gegen Einwurf kleiner Münzen treten
aus der Wand balsamische Trompeten,

die den Gästen in geblähte Nasen,
was sie wünschen, leicht und lustig blasen.

Und zugleich erscheint auf einem Schild
des Gerichtes wohlgetroffnes Bild.

Viele Hunderte, um nicht zu lügen,
speisen nun erst wirklich mit Vergnügen.

DER WELTKURORT

Palmström gründet einen Weltkurort.
Mitten auf der schönsten Bergeskrone
schafft er eine windgefeite Zone
für die Kur sowohl wie für den Sport.

Nämlich eine Riesenzentrifuge,
innerhalb von welcher das Hotel,
schlägt den stärksten Sturmwind ab im Fluge
und zurück zu seinem Ursprungsquell.

Unerreicht vom bitterbösen Nord,
unerreicht vom bitterbösen Föhne,
blüht der neue Platz in stiller Schöne,
und zumal im Winter ist man dort.

DIE MAUSEFALLE

I

Palmström hat nicht Speck im Haus,
dahingegen eine Maus.

Korf, bewegt von seinem Jammer,
baut ihm eine Gitterkammer.

Und mit einer Geige fein
setzt er seinen Freund hinein.

Nacht ists, und die Sterne funkeln.
Palmström musiziert im Dunkeln.

Und derweil er konzertiert,
kommt die Maus hereinspaziert.

Hinter ihr, geheimerweise,
fällt die Pforte leicht und leise.

Vor ihr sinkt in Schlaf alsbald
Palmströms schweigende Gestalt.

II

Morgens kommt v. Korf und lädt
das so nützliche Gerät

in den nächsten, sozusagen
mittelgroßen Möbelwagen,

den ein starkes Roß beschwingt
nach der fernen Waldung bringt,

wo in tiefer Einsamkeit
er das seltne Paar befreit.

Erst spaziert die Maus heraus
und dann Palmström, nach der Maus.

Froh genießt das Tier der neuen
Heimat, ohne sich zu scheuen.

Während Palmström, glückverklärt,
mit v. Korf nach Hause fährt.

IM WINTERKURORT

Um das Frösteln der Spatzen abzuschaffen,
gründet Palmström eine Mäntelfabrik.
Diese liefert den p. p. Spatzen Waffen

wider den Frost in Form von Ulstern, Pelzen
usw. Man sieht sie zur Kurmusik
auf der Promenade behäbig stelzen.

PALMSTRÖM AN EINE NACHTIGALL, DIE IHN NICHT SCHLAFEN LIESS

»Möchtest du dich nicht in einen Fisch verwandeln
und gesanglich dementsprechend handeln?
da es sonst unmöglich ist,
daß mir unternachts des Schlafes Labe
blüht, die ich nun doch notwendig habe!
  Tu es, wenn du edel bist!

Deine Frau im Nest wird dich auch so bewundern,
wenn du gänzlich in der Art der Flundern
auftrittst und im Wipfel wohlig ruhst
oder, eine fliegende Makrele,
sie umflatterst, holde Philomele
  (– die du mir gewiß die Liebe tust!).«

DIE WEGGEWORFENE FLINTE

Palmström findet eines Abends,
als er zwischen hohem Korn
singend schweift,
eine Flinte.

Trauernd bricht er seinen Hymnus
ab und setzt sich in den Mohn,
seinen Fund
zu betrachten.

Innig stellt er den Verzagten,
der ins Korn sie warf, sich vor
und beklagt
ihn von Herzen.

Mohn und Ähren und Zyanen
windet seine Hand derweil
still um Lauf,
Hahn und Kolben . . .

Und er lehnt den so bekränzten
Stutzen an den Kreuzwegstein,
hoffend zart,
daß der Zage,

noch einmal des Weges kommend,
ihn erblicken möge – und –
(. . . Seht den Mond
groß im Osten . . .)

KORFS VERZAUBERUNG

Korf erfährt von einer fernen Base,
einer Zauberin,
die aus Kräuterschaum Planeten blase,
und er eilt dahin,
eilt dahin gen Odelidelase,
zu der Zauberin . . .

Findet wandelnd sie auf ihrer Wiese,
fragt sie, ob sie sei,
die aus Kräuterschaum Planeten bliese,
ob sie sei die Fei,
sei die Fei von Odeladelise.
Ja, sie sei die Fei!

Und sie reicht ihm willig Krug und Ähre,
und er bläst den Schaum,
und sieh da, die wunderschönste Sphäre
wölbt sich in den Raum,
wölbt sich auf, als obs ein Weltball wäre,
nicht nur Schaum und Traum.

Und die Kugel löst sich los vom Halme,
schwebt gelind empor,
dreht sich um und mischt dem Sphärenpsalme,
mischt dem Sphärenchor
Töne, wie aus ferner Hirtenschalme,
dringen sanft hervor.

In dem Spiegel aber ihrer Runde
schaut v. Korf beglückt,
was ihm je in jeder guten Stunde
durch den Sinn gerückt:
Seine Welt erblickt mit offnem Munde
Korf entzückt.

Und er nennt die Base seine Muse,
und sieh da! sieh dort!
Es erfaßt ihn was an seiner Bluse
und entführt ihn fort,
führt ihn fort aus Odeladeluse
nach dem neuen Ort . . .

KORF-MÜNCHHAUSEN

Korf zu Taten zu befeuern,
redet man ihm allerhand
von Münchhausens Abenteuern.

Dies versetzt v. Korf in Brand,
und er geht an einen Sumpf
und verläßt das feste Land.

Mit den Füßen, mit dem Rumpf
sinkt er unter; nur der Kopf
ragt noch samt des Schopfes Stumpf.

Doch, wenn man ihn ganz versteht,
weiß man, daß er nimmermehr
in dem Sumpf zugrunde geht.

Denn, wie man schon oft erfuhr,
ist v. Korf kein Mensch wie wir,
ist ein Mensch pro forma nur.

Selbst zieht er am Schopf (als Geist,
der er ist) aus Sumpf und Moor
wieder sich zum Licht empor.

Niemand sieht den Geist natürlich,
sondern hält ihn für figürlich. –
Doch die Tatsache beweist . . .

Und v. Korf erklärt: »Münchhausen
tat vermutlich auch nicht flausen.
Doch ihn hörten nur Banausen.«

EUROPENS BÜCHER

Korf ist fassungslos, und er entflieht,
wenn er nur Europens Bücher sieht.

Er versteht es nicht, wie man
zentnerschwere Bände leiden kann.

Und ihm graut, wie man dadurch den Geist
gleichsam in ein Grab von Stoff verweist.

Geist ist leicht und sollte darum auch
leicht gewandet gehn nach Geisterbrauch.

Doch der Europäer ruht erst dann,
wenn er ihn in Bretter ›binden‹ kann.

KORF UND PALMSTRÖM WETTEIFERN IN NOTTURNOS

I. DIE PRIESTERIN

Nachdenklich nickt im Dämmer die Pagode ...
Daneben tritt aus ihres Hauses Pforte
T'ang-ku-ei-i, die Hüterin der Orte
vom krausen Leben und vom grausen Tode.

Aus ihrem Munde hängt die Mondschein-Ode
Tang-Wangs, des Kaisers, mit geblümter Borte,
in ihren Händen trägt sie eine Torte,
gekrönt von einer winzigen Kommode.

So wandelt sie die sieben ängstlich schmalen,
aus Flötenholz geschwungnen Tempelbrücken
zum Grabe des vom Mond erschlagnen Hundes –

und brockt den Kuchen in die Opferschalen –
und lockt den Mond, sich auf den Schrein zu bücken,
und reicht ihm ihr Gedicht gespitzten Mundes ...

(v. K.)

II. DER ROCK

Der Rock, am Tage angehabt,
er ruht zur Nacht sich schweigend aus;
durch seine hohlen Ärmel trabt
die Maus.

Durch seine hohlen Ärmel trabt
gespenstisch auf und ab die Maus . . .
Der Rock, am Tage angehabt,
er ruht zur Nacht sich aus.

Er ruht, am Tage angehabt,
im Schoß der Nacht sich schweigend aus,
er ruht, von seiner Maus durchtrabt,
sich aus.

(P.)

III. NOTTURNO IN WEISS

Die steinerne Familie,
aus Marmelstein gemacht,
sie kniet um eine Lilie,
im Kreis um eine Lilie,
in totenstiller Nacht.

Der Lilie Weiß ist weicher
als wie das Weiß des Steins,
der Lilie Weiß ist weicher,
doch das des Steins ist bleicher
im Weiß des Mondenscheins.

Die Lilie, die Familie,
der Mond in sanfter Pracht,
sie halten so Vigilie,
wetteifernde Vigilie,
in totenstiller Nacht.

(v. K.)

KORF IN BERLIN

Korf – man kennt ihn wohl genügend –,
Korf begibt sich nach Berlin,
einem Zug der Zeit sich fügend.

In Berlin empfängt man ihn . . .
Zwar erblickt man ihn nicht leiblich,
denn wie ja schon dargeziehn,

ist er weder männ- noch weiblich,
sondern schlechterdings ein Geist,
dessen Nichtsehn unausbleiblich.

ALPINISMUS

I

Palmström rechnet mit v. Korf zu Haus
den Kubikinhalt der Alpen aus
(denn er denkt die Alpen sich als einen
Würfel aus Turisten, Kühen und Steinen)
und fixiert des Würfels Höh auf praeter-
propter 63 Kilometer.
Er besteigt, statt daß wie sonst er reist,
ihn in Julinächten oft im Geist.
190 000 Fuß ob Tschirne
liegt er und sieht faustgroß die Gestirne.

II

(Angewandte Wissenschaft)

Palmström denkt die Alpen sich als Kubus . . .
Und besteigt sie so, mit seinem Tubus.

Dreiundsechzighundert Hektometer
überm Spiegel seiner Wohnung steht er –

sieht die Gasschiff-Flotte der Korona
und erblickt das Mondschaf in persona.

DER EINGEBUNDENE KORF

Korf läßt sich in einen Folianten einbinden,
um selben immer bei sich zu tragen;
die Rücken liegen gemeinsam hinten,
doch vorn ist das Buch auseinandergeschlagen.
So daß er, gleichsam flügelbelastet,
mit hinter den Armen flatternden Seiten
hinwandelt oder zu anderen Zeiten
in seinen Flügeln blätternd rastet.

DIE BRILLE

Korf liest gerne schnell und viel;
darum widert ihn das Spiel
all des zwölfmal unerbetnen
Ausgewalzten, Breitgetretnen.

Meistes ist in sechs bis acht
Wörtern völlig abgemacht,
und in ebensoviel Sätzen
läßt sich Bandwurmweisheit schwätzen.

Es erfindet drum sein Geist
etwas, was ihn dem entreißt:
Brillen, deren Energieen
ihm den Text – zusammenziehen!

Beispielsweise dies Gedicht
läse, so bebrillt, man – nicht!
Dreiunddreißig seinesgleichen
gäben erst – Ein – – Fragezeichen!!

DIE MITTAGSZEITUNG

Korf erfindet eine Mittagszeitung,
welche, wenn man sie gelesen hat,
ist man satt.
Ganz ohne Zubereitung
irgendeiner andern Speise.
Jeder auch nur etwas Weise
hält das Blatt.

DER DURCHGESETZTE BAUM

Palmström läßt sich eine Kapsel baun,
und er füllt dieselbe mit Alaun.

Hierauf pflanzt er sie in seinen Garten,
um den Wuchs des Kornes abzuwarten.

Regen fällt, und Sonne scheint darauf,
und die Erde nimmt das Korn in Kauf,

läßt sich täuschen oder denkt: dem Mann
macht es Spaß, und mir kommts nicht drauf an.

Und so treibt sie aus der Kapsel Hals
ein Alaunreis zierlich und voll Salz,

und das Reis erwächst, man glaubt es kaum,
bis zu einem wundervollen Baum.

Palmström (ohne vor Triumph zu turkeln!)
läßt den Baum von A bis Z ver-gurgeln,

und von jedermann, der Halsweh hat. –
Palmström wird der Favorit der Stadt.

DER FROMME RIESE

Korf lernt einen Riesen kennen,
dessen Frau ihm alles in den Mund gibt,
was sie nicht mag.

Nacht und Tag,
wenn sie ihm solchen Willen kundgibt,
sieht man ihn seine Lippen geduldig trennen

und vorsichtig hinter sein Zahngehege
alles schieben, was seiner Frau im Wege.

Und es ist ihr viel im Wege, der Frau.
Ganz unmöglich wäre, zu sagen genau,

was von Mücke bis Mammut gewissermaßen
ihr mißfällt. Man findet da ganze Straßen,
ganze Städte voll Menschen, man findet Gärten,

Flüsse, Berge neben Perücken, Bärten,
Stöcken, Tellern, Kleidern; mit einem Worte:
eine Welt versammelt sich an gedachtem Orte.

v. Korf mißfällt und wird von dem frommen
Riesengatten still in den Mund genommen.

Und nur, weil er ein ›Geist‹, wie schon beschrieben,
ist er nicht in diesem Gelaß verblieben.

KORF ERFINDET EINE ART VON WITZEN –

Korf erfindet eine Art von Witzen,
die erst viele Stunden später wirken.
Jeder hört sie an mit Langerweile.

Doch als hätt ein Zunder still geglommen,
wird man nachts im Bette plötzlich munter,
selig lächelnd wie ein satter Säugling.

DIE WINDHOSEN

Beim Windhosenschneider Amorf
erstehen sich Palmström und Korf
zwei Windbeinkleider aus best-
empfohlenem Nordnordwest.

So angetan wirbeln sie quer
und kreuz über Festland und Meer
und fassen die Schurken beim Schopf
und lassen die Guten beim Topf.

Der Wetterwart schaut sie und stutzt:
Zum ersten Mal sieht er verdutzt,
was sonst rein phänomenal,
im Dienst einer klaren Moral.

DIE WINDSBRAUT

Bei diesem Wirbel über Land und See
hat Korf zum ersten Mal das Weib erschaut,
nach dem er oft gespäht in Luv und Lee
als wie nach einer sehr erwünschten Braut.

Doch ach, sie war die Braut bereits des Winds, –
die ›Windsbraut‹ wars, die seine Ruh gestört,
er hat es aus dem Mund des schönen Kinds,
daß sie des Winds Gespiel sei, selbst gehört.

v. Korf begibt sich stumm nach seinem Giebel.
Er ist des Götterspielens schmerzlich müde
und widmet seine Wind-Inexpressibles
dem Freund und sich erneuter Solitüde.

DIE GABE

Palmström, dem die Sache gleichfalls leid ist,
ist die Gabe keineswegs zu Dank.
Erstens, weil für seinen Schrank
das Gehöse viel zu weit ist.

Zweitens . . . usw. Schließlich, endlich
schreibt er seinem vorgesetzten Staat:
»Werter Herr! In summa: Eine Tat
soll geschehen! Gratis selbstverständlich!«

Und er bietet ihm die Wetterhosen
um den Preis des ewigen Friedens an.
Nämlich sagt, wie niemand fürder kann
wider den Besitzer sich erbosen.

»Niemand greift Sie an sotanen Falles.
Bauet drum den Hosen einen Turm!
Einen ›Palmströmturm‹, und das ist alles.
Hier in Ihren Händen ruht der Sturm.«

Palmström fühlt sich reiner Tränen Beute.
Endlich, glaubt er, sei die Welt befreit.
Und ihm träumt von einer neuen Zeit . . .

Doch auf Antwort wartet er noch heute.

PALMSTRÖM LEGT DES NACHTS SEIN CHRONOMETER –

Palmström legt des Nachts sein Chronometer,
um sein lästig Ticken nicht zu hören,
in ein Glas mit Opium oder Äther.

Morgens ist die Uhr dann ganz ›herunter‹.
Ihren Geist von neuem zu beschwören,
wäscht er sie mit schwarzem Mokka munter.

VOM ZEITUNGLESEN

Korf trifft oft Bekannte, die voll von Sorgen
wegen der sogenannten Völkerhändel. Er rät:
»Lesen Sie doch die Zeitung von übermorgen.

Wenn die Diplomaten im Frühling raufen,
nimmt man einfach ein Blatt vom Herbst zur Hand
und ersieht daraus, wie alles abgelaufen.

Freilich pflegt man es umgekehrt zu machen,
und wo käme die ›Jetztzeit‹ denn sonst auch hin!
Doch de facto sind das nur Usus-Sachen.«

DIE ZIMMERLUFT

Korf erfindet eine Zimmerluft,
die so korpulent, daß jeder
Gegenstand drin stecken bleibt.

Etwa mitten, wenn er mit dem Feder-
halter grade nicht mehr schreibt,
weil die Dienstmagd an die Türe pufft –

gibt er kurzweg ihm ein Alibi –
mitten in die Luft entweder
oder sonstwo in ihr, gleichviel wo und wie.

BILDER

Bilder, die man aufhängt umgekehrt,
mit dem Kopf nach unten, Fuß nach oben,
ändern oft verwunderlich den Wert,
weil ins Reich der Phantasie erhoben.

Palmström, dem schon frühe solches kund,
füllt entsprechend eines Zimmers Wände,
und als Maler großer Gegenstände
macht er dort begeistert Fund auf Fund.

DIE WAAGE

Korfen glückt die Konstruierung einer
musikalischen Personenwaage,
Pfund für Pfund mit Glockenspielansage.

Jeder Leib wird durch sein Lied bestimmt;
selbst der kleinste Mensch, anitzt geboren,
silberglöckig seine Last vernimmt.

Nur v. Korf entsendet keine Weise,
als (man weiß) nichtexistent im Sinn
abwägbarer bürgerlicher Kreise.

L'ART POUR L'ART

Das Schwirren eines aufgeschreckten Sperlings
begeistert Korf zu einem Kunstgebilde,
das nur aus Blicken, Mienen und Gebärden
besteht. Man kommt mit Apparaten,
es aufzunehmen; doch v. Korf ›entsinnt sich
des Werks nicht mehr‹, entsinnt sich keines Werks mehr
anläßlich eines ›aufgeregten Sperlings‹.

FEUERPROBE

In das Museum der Gegenbeispiele
  zu Stuttgart
kommt nach dem Münchener Elektra-Weihspiele
  Palmström
und überreicht dem Kustos, Herrn Kriegar-Ohs,
  höflichst
ein Partiturexemplar von ›Figaros
  Hochzeit‹ –.

Kriegar-Ohs nimmt sich Muße, den Fall zu buchen,
  und spricht dann:
»Dürften wir nicht vielmehr um Sie selber ersuchen,
  statt des...«
Drauf eilt Palmström vor das Tor der Stadt Stuttgart
  voll Rührung
und zieht dort bis auf die Erde den Hut ab:
  Ave!

DIE UNMÖGLICHE TATSACHE

Palmström, etwas schon an Jahren,
wird an einer Straßenbeuge
und von einem Kraftfahrzeuge
überfahren.

»Wie war« (spricht er, sich erhebend
und entschlossen weiterlebend)
»möglich, wie dies Unglück, ja –:
daß es überhaupt geschah?

Ist die Staatskunst anzuklagen
in bezug auf Kraftfahrwagen?
Gab die Polizeivorschrift
hier dem Fahrer freie Trift?

Oder war vielmehr verboten,
hier Lebendige zu Toten
umzuwandeln, – kurz und schlicht:
Durfte hier der Kutscher nicht –?«

Eingehüllt in feuchte Tücher,
prüft er die Gesetzesbücher
und ist alsobald im klaren:
Wagen durften dort nicht fahren!

Und er kommt zu dem Ergebnis:
»Nur ein Traum war das Erlebnis.
Weil«, so schließt er messerscharf,
»nicht sein kann, was nicht sein darf.«

DIE BEHÖRDE

Korf erhält vom Polizeibüro
ein geharnischt Formular,
wer er sei und wie und wo.

Welchen Orts er bis anheute war,
welchen Stands und überhaupt,
wo geboren, Tag und Jahr.

Ob ihm überhaupt erlaubt,
hier zu leben und zu welchem Zweck,
wieviel Geld er hat und was er glaubt.

Umgekehrten Falls man ihn vom Fleck
in Arrest verführen würde, und
drunter steht: Borowsky, Heck.

Korf erwidert darauf kurz und rund:
›Einer hohen Direktion
stellt sich, laut persönlichem Befund,

untig angefertigte Person
als nichtexistent im Eigen-Sinn
bürgerlicher Konvention

vor und aus und zeichnet, wennschonhin
mitbedauernd nebigen Betreff,
Korf. (An die Bezirksbehörde in –.)‹

Staunend liests der anbetroffne Chef.

DIE WIRKLICH PRAKTISCHEN LEUTE

Es kommen zu Palmström heute
die wirklich praktischen Leute,

die wirklich auf allen zehn Zehen
im wirklichen Leben stehen.

Sie klopfen ihm auf den Rücken
und sind in sehr vielen Stücken –

so sagen sie – ganz die Seinen.
Doch wer, der mit beiden Beinen

im wirklichen Leben stände,
der wüßte doch und befände,

wie viel, so gut auch der Wille,
rein idealistische Grille.

Sie schütteln besorgt die Köpfe
und drehn ihm vom Rock die Knöpfe

und hoffen zu postulieren:
er wird auch einer der Ihren,

ein Glanzstück erlesenster Sorte,
ein Bürger, mit einem Worte.

PROFESSOR PALMSTRÖM

Irgendwo im Lande gibt es meist
einen Staat, von dem, was sich an Geist
irgendwo befindet und erweist,
doch noch nirgendwo Professor heißt,

eben zum Professor wird gemacht,
wie von wem, der unaufhörlich wacht,
ob auch jeder Seele wird gedacht,
die der Menschheit Glück und Heil gebracht.

Solch ein Staat und solch ein Fürst, o denkt,
hat auch Palmströms Los zum Licht gelenkt,
hat ihm den Professorrang geschenkt
und das Kreuz für Kunst ihm umgehenkt.

Palmström gibt das Kreuz für Kunst zurück;
denn er trägt kein solches Kleidungsstück.
Den Professor nicht, denn man versteht:
als Professor gilt erst ein Prophet.

DAS POLIZEIPFERD

Palmström führt ein Polizeipferd vor.
Dieses wackelt mehrmals mit dem Ohr
und berechnet den ertappten Tropf
logarhythmisch und auf Spitz und Knopf.

Niemand wagt von nun an einen Streich:
denn der Gaul berechnet ihn sogleich.
Offensichtlich wächst im ganzen Land
menschliche Gesittung und Verstand.

VENUS-PALMSTRÖM-ANADYOMENE

Palmström wünscht sich manchmal aufzulösen,
wie ein Salz in einem Glase Wasser,
so nach Sonnenuntergang besonders.

Möchte ruhen so bis Sonnenaufgang
und dann wieder aus dem Wasser steigen –
Venus-Palmström-Anadyomene...

GLEICHNIS

Palmström schwankt als wie ein Zweig im Wind...
Als ihn Korf befrägt, warum er schwanke,
meint er: weil ein lieblicher Gedanke,
wie ein Vogel, zärtlich und geschwind,
auf ein kleines ihn belastet habe –
schwanke er als wie ein Zweig im Wind,
schwingend noch von der willkommnen Gabe...

SPEKULATIV

Palmström sieht die Dinge gern im Spiegel,
und zumal ergötzt ihn das Gewölke
leichten Dampfs in dem kristallnen Grunde.

Und ihm schwant davor von Majas flügel-
hafter Art, und vor dem Schalk der Schälke
löst sich Welt zum – Atem eines – Mundes – – –.

DER TRÄUMER

Palmström stellt ein Bündel Kerzen
auf des Nachttischs Marmorplatte
und verfolgt es beim Zerschmelzen.

Seltsam formt es ein Gebirge
aus herabgefloßner Lava,
bildet Zotteln, Zungen, Schnecken.

Schwankend über dem Gerinne
stehn die Dochte mit den Flammen
gleichwie goldene Zypressen.

Auf den weißen Märchenfelsen
schaut des Träumers Auge Scharen
unverzagter Sonnenpilger.

PALMSTRÖM LOBT

Palmström lobt das schlechte Wetter sehr,
denn dann ist auf Erden viel mehr Ruhe;
ganz von selbst beschränkt sich das Getue,
und der Mensch geht würdiger einher.

Schon allein des Schirmes kleiner Himmel
wirkt symbolisch auf des Menschen Kern,
denn der wirkliche ist dem Gewimmel,
ach nicht ihm nur, leider noch recht fern.

Durch die Gassen oder im Gefilde
wandert Palmström, wenn die Wolke fällt,
und erfreut sich an dem Menschenbilde,
das sich kosmo-logischer verhält.

DIE BEIDEN FESTE

Korf und Palmström geben je ein Fest.

Dieser lädt die ganze Welt zu Gaste:
doch allein zum Zwecke, daß sie – faste!
einen Tag lang sich mit nichts belaste!
Und ein – Antihungersnotfonds ist der Rest.

Korf hingegen wandert zu den Armen,
zu den Krüppeln und den leider Schlimmen
und versucht sie alle so zu stimmen,
daß sie einen Tag lang nicht ergrimmen,
daß in ihnen anhebt aufzuglimmen
ein jedweden ›Feind‹ umfassendes – Erbarmen.

Beide lassen so die Menschen schenken
statt genießen, und sie meinen: freuen
könnten Wesen (die nun einmal – denken)
sich allein an solchen gänzlich neuen
Festen.

PALMA KUNKEL

MUHME KUNKEL

Palma Kunkel ist mit Palm verwandt,
doch im übrigen sonst nicht bekannt.
Und sie wünscht auch nicht bekannt zu sein,
lebt am liebsten ganz für sich allein.

Über Muhme Palma Kunkel drum
bleibt auch der Chronist vollkommen stumm.
Nur wo selbst sie aus dem Dunkel tritt,
teilt er dies ihr Treten treulich mit.

Doch sie trat bis jetzt noch nicht ans Licht.
und sie will es auch in Zukunft nicht.
Schon, daß hier ihr Name lautbar ward,
widerspricht vollkommen ihrer Art.

EXLIBRIS

Ein Anonymus aus Tibris
sendet Palman ein Exlibris.

Auf demselben sieht man nichts
als den weißen Schein des Lichts.

Nicht ein Strichlein ist vorhanden.
Palma fühlt sich warm verstanden.

Und sie klebt die Blättlein rein
allenthalben dankbar ein.

WORT-KUNST

Palma Kunkel spricht auch. O gewiß.
Freilich nicht wie Volk der Finsternis.

Nicht von Worten kollernd wie ein Bronnen,
niemals nachwärts-, immer vorbesonnen.

Völlig fremd den hilflos vielen Schällen,
fragt sie nur in wirklich großen Fällen.

Fragt den Zwergen niemals, nur den Riesen,
und auch nicht, wie es ihm gehe, diesen.

Nicht vom Wetter spricht sie, nicht vom Schneider,
höchstens von den Grundproblemen beider.

Und so bleibt sie jung und unverbraucht,
weil ihr Odem nicht wie Dunst verraucht.

DAS FORSTHAUS

I

Palma Kunkel ist häufig zum Kuraufenthalt
in einem einsamen Forsthaus weit hinten im Wald,
von wo ein Brief so befördert wird,
daß ihn, wer gerade Zeit hat, ein Knecht oder Hirt
dem Wild des angrenzenden Jagdrevieres
um Hals oder Bein hängt . . . worauf in des Tieres
erfolgender Schußzeit er, wenn auch oft spät,
auf ein Postamt und von dort an seine Adresse gerät.
So das Wild wie die Nachbarn sind stolz auf die Ehre,
und man weiß keinen Fall, daß ein Brief je verloren
gegangen wäre.

II

Zehn Jahre später

Dies war so geschrieben vor manch einem Jahr.
Doch heute, da ist es insofern nicht mehr wahr,
als – zuerst wars ein Kauz, der drauf kam,
die Sache dahin in Erwägung er nahm:
daß, wenn man direkt die postalische Bürde
besorgte, der Abschuß erspart bleiben würde.
Er ist damals gleich nach dem Postamt geflogen
und wurde als ›Brief-Kauz‹ auf einem großen Bogen
vermerkt und der Hirsch und der Has hinterher,
und schließlich waren die Jagdgründe leer:
Denn natürlich hatte das ganze Wild nun
nur noch zwischen Forsthaus und Reichspost zu tun,
und kam es dabei auch durchs alte Revier,
war es jetzt dort als ›Brief-Wild‹ geschütztes Getier.

DER PAPAGEI

Palma Kunkels Papagei
spekuliert nicht auf Applaus;
niemals, was auch immer sei,
spricht er seine Wörter aus.

Deren Zahl ist ohne Zahl:
denn er ist das klügste Tier,
das man je zum Kauf empfahl,
und der Zucht vollkommne Zier.

Doch indem er streng dich mißt,
scheint sein Zungenglied verdorrt.
Gleichviel, wer du immer bist,
er verrät dir nicht ein Wort.

›LORE‹

›Wie heißt der Papagei?‹ wird mancher fragen.
Doch nie wird jemand jemandem dies sagen.

Er ward einmal mit ›Lore‹ angesprochen –
und fiel darauf in Wehmut viele Wochen.

Er ward erst wieder voll und ganz gesund
durch einen Freund: Fritz Kunkels jungen Hund.

LORUS

Fritz Kunkels Pudel ward, noch ungetauft,
von einem Stiefmilchbruder Korfs gekauft.

Es trieb ihn, als er, hilfreich von Natur,
der sogenannten ›Lore‹ Leid erfuhr,

sogleich zu ihr: worauf er, der nicht hieß,
sich ihr zum Troste Lorus taufen ließ:

den Namen also gleichsam auf sich nehmend –
und alle Welt durch diese Tat beschämend!

Korf selbst vollzog den Taufakt unverweilt.
Der Vogel aber war fortan geheilt.

DER KATER

Lorus, im Verlaufe seines Strebens,
trifft den ersten Kater seines Lebens.

Dieser krümmt, traditionellerweis,
seinen Rücken fürchterlich zum Kreis.

Lorus spricht mit unerschrockner Zärte:
»Pax vobiscum, freundlicher Gefährte!«

GEGENSÄTZE

Zäzilie wird von ›Lore‹ nicht geliebt,
was manchen ernsten Zwischenfall ergibt.
Denn diese spürt in Gegenwart der Dirne
zu stark den krassen Gegensatz der Hirne.

Man trifft vielleicht das Rechte, wenn man sagt:
Das ganze Leben dieser guten Magd
mag kaum so viel in puncto Scharfsinn taugen
als Ein Kalkül aus ›Lores‹ grauen Augen.

Doch Lorus ist Zäzilien wohlgesinnt.
Er tröstet insgeheim das arme Kind
und wischt zuweilen, ihr zur Kräfteschonung,
mit seinem Wedel Staub in Palmströms Wohnung.

DER BART

Lorus, anerkannt als Phänomen,
soll durchaus als Polizeihund gehn.

Lange überlegt er hin und her,
denn der Fall ist ungewöhnlich schwer.

Gerne will sein Herz den Menschen dienen,
doch der Böse zählt wohl auch zu ihnen.

Und er ist, obschon ein Hund mit Bart,
doch kein Richter über Menschenart.

Schließlich, sich mit keinem zu verqueren,
läßt er sich den Bart von Palmström scheren –

und erlaubt sich, ihn zu gleichen Enden
diesen sowie jenen zuzuwenden.

Bartlos geht er so, doch kaum als Tor
aus dem schwierigen Konflikt hervor.

DER DROSCHKENGAUL

Ich bin zwar nur ein Droschkengaul, –
doch philosophisch regsam;
der Freß-Sack hängt mir kaum ums Maul,
so werd ich überlegsam.
Ich schwenk ihn her, ich schwenk ihn hin,
und bei dem trauten Schwenken
geht mir so manches durch den Sinn,
woran nur Weise denken.

Ich bin zwar nur ein Droschkengaul, –
doch sann ich oft voll Sorgen,
wie ich den Hafer brächt ins Maul,
der tief im Grund verborgen.
Ich schwenkte hoch, ich schwenkte tief,
bis mir die Ohren klangen.
Was dort in Nacht verschleiert schlief,
ich konnt es nicht erlangen.

Ich bin zwar nur ein Droschkengaul, –
doch mag ich Trost nicht missen
und sage mir: So steht es faul
mit allem Erdenwissen;

es frißt im Weisheitsfuttersack
wohl jeglich Maul ein Weilchen,
doch nie erreichts – o Schabernack –
die letzten Bodenteilchen.

DIE ZIRBELKIEFER

Die Zirbelkiefer sieht sich an
auf ihre Zirbeldrüse hin;
sie las in einem Buche jüngst,
die Seele säße dort darin.

Sie säße dort wie ein Insekt
voll wundersamer Lieblichkeit,
von Gottes Allmacht ausgeheckt
und außerordentlich gescheit.

Die Zirbelkiefer sieht sich an
auf ihre Zirbeldrüse hin;
sie weiß nicht, wo sie sitzen tut,
allein ihr wird ganz fromm zu Sinn.

MOPSENLEBEN

Es sitzen Möpse gern auf Mauerecken,
die sich ins Straßenbild hinaus erstrecken,

um von sotanen vorteilhaften Posten
die bunte Welt gemächlich auszukosten.

O Mensch, lieg vor dir selber auf der Lauer,
sonst bist du auch ein Mops nur auf der Mauer.

DER MEILENSTEIN

Tief im dunklen Walde steht er
und auf ihm mit schwarzer Farbe,
daß des Wandrers Geist nicht darbe:
Dreiundzwanzig Kilometer.

Seltsam ist und schier zum Lachen,
daß es diesen Text nicht gibt,
wenn es keinem Blick beliebt,
ihn durch sich zu Text zu machen.

Und noch weiter vorgestellt:
Was wohl ist er – ungesehen?
Ein uns völlig fremd Geschehen.
Erst das Auge schafft die Welt.

TÄUSCHUNG

Menschen stehn vor einem Haus, – –
nein, nicht Menschen, – Bäume.
Menschen, folgert Otto draus,
sind drum nichts als – Träume.

Alles ist vielleicht nicht klar,
nichts vielleicht erklärlich,
und somit, was ist, wird, war,
schlimmstenfalls entbehrlich.

VICE VERSA

Ein Hase sitzt auf einer Wiese,
des Glaubens, niemand sähe diese.

Doch, im Besitze eines Zeißes,
betrachtet voll gehaltnen Fleißes

vom vis-à-vis gelegnen Berg
ein Mensch den kleinen Löffelzwerg.

Ihn aber blickt hinwiederum
ein Gott von fern an, mild und stumm.

DIE WIEDERHERGESTELLTE RUHE

Aus ihrem Bette stürzt sie bleich
im langen Hemd und setzt sich gleich.

Die Zofe bringt ihr Rock und Schuh
und führt sie sanft dem Diwan zu.

Todmüd in grauen Höhlen liegt
der Blick, den Fieber fast besiegt.

Ihr ganzer Leib ist wie verzehrt,
als hätt in ihm gewühlt ein Schwert.

Der Arzt verkündet aller Welt,
sie sei nun wieder hergestellt.

Die Zofe kniet vor ihr und gibt
ihr von den Blumen, die sie liebt,

und schmückt sie zärtlich aus der Truhe:
die wiederhergestellte Ruhe.

AUF DEM FLIEGENPLANETEN

Auf dem Fliegenplaneten,
da geht es dem Menschen nicht gut:
Denn was er hier der Fliege,
die Fliege dort ihm tut.

An Bändern voll Honig kleben
die Menschen dort allesamt,
und andre sind zum Verleben
in süßliches Bier verdammt.

In Einem nur scheinen die Fliegen
dem Menschen vorauszustehn:
Man bäckt uns nicht in Semmeln,
noch trinkt man uns aus Versehn.

DAS PERLHUHN

Das Perlhuhn zählt: Eins, zwei, drei, vier...
Was zählt es wohl, das gute Tier,
dort unter den dunklen Erlen?

Es zählt, von Wissensdrang gejückt,
(die es sowohl wie uns entzückt:)
die Anzahl seiner Perlen.

DAS EINHORN

Das Einhorn lebt von Ort zu Ort
 nur noch als Wirtshaus fort.

Man geht hinein zur Abendstund
 und sitzt den Stammtisch rund.

Wer weiß! Nach Jahr und Tag sind wir
 auch ganz wie jenes Tier

Hotels nur noch, darin man speist –
 (so völlig wurden wir zu Geist).

Im ›Goldnen Menschen‹ sitzt man dann
 und sagt sein Solo an…

DIE NÄHE

Die Nähe ging verträumt umher...
Sie kam nie zu den Dingen selber.
Ihr Antlitz wurde gelb und gelber,
und ihren Leib ergriff die Zehr.

Doch eines Nachts, derweil sie schlief,
da trat wer an ihr Bette hin
und sprach: »Steh auf, mein Kind, ich bin
der kategorische Komparativ!

Ich werde dich zum Näher steigern,
ja, wenn du willst, zur Näherin!« –
Die Nähe, ohne sich zu weigern,
sie nahm auch dies als Schicksal hin.

Als Näherin jedoch vergaß
sie leider völlig, was sie wollte,
und nähte Putz und hieß Frau Nolte
und hielt all Obiges für Spaß.

DER SALM

Ein Rheinsalm schwamm den Rhein
bis in die Schweiz hinein.

Und sprang den Oberlauf
von Fall zu Fall hinauf.

Er war schon weißgottwo,
doch eines Tages – oh! –

da kam er an ein Wehr:
das maß zwölf Fuß und mehr!

Zehn Fuß – die sprang er gut!
Doch hier zerbrach sein Mut.

Drei Wochen stand der Salm
am Fuß der Wasser-Alm.

Und kehrte schließlich stumm
nach Deutsch- und Holland um.

DIE ELSTER

Ein Bach, mit Namen Elster, rinnt
durch Nacht und Nebel und besinnt
inmitten dieser stillen Handlung
sich seiner einstigen Verwandlung,
die ihm vor mehr als tausend Jahren
von einem Magier widerfahren.

Und wie so Nacht und Nebel weben,
erwacht in ihm das alte Leben.
Er fährt in eine in der Nähe
zufällig eingeschlafne Krähe
und fliegt, dieweil sein Bett verdorrt,
wie dermaleinst als Vogel fort.

ANFRAGE

Der Ichthyologe Berthold Schrauben
will Umiges dem Autor glauben.
Er kennt dergleichen aus Oviden,
doch Eines raubt ihm seinen Frieden:

»Wo nämlich«, fragt er, »bleibt die Stelle
der Fischwelt obbenannter Quelle?
Verkörpert sie sich mit zum Raben –
oder verbleibt sie tot im Graben?«

Persönlich sei er für das erste,
dem zweiten aber sei die mehrste
Wahrscheinlichkeit zu geben, da,
als seinerzeit die Tat geschah,

die Pica von dem mächtigen Feinde
in einen ohne Fischgemeinde
zunächst gedachten Wasserlauf
verwandelt worden sei, worauf

erst später jene, teils durch Neben-
gewässer, teils durch Menschenstreben,
als übliche Bewohnersphäre
ihm eingegliedert worden wäre.

Es sei für einen Fall wie diesen
von Nennwert, nicht unangewiesen,
wenn er, empfänd mans gleich als Bürde,
bis auf den Grund durchleuchtet würde.

ANTWORT (I. A.)

Sehr geehrter Herr! Gestatten
Sie der Gattin meines Gatten,
seine Antwort mitzuteilen.

Er beglückwünscht sich zu solchen
Äußerungen, die gleich Dolchen
seiner Werke Brust durchwühlen.

Doch er ist zur Zeit verhindert.
Nämlich (was den Vorwurf mindert)
durch Verfolgung jenes Falles –

statt nach rückwärts, wie Sie streben,
vorwärts: in das neue Leben
unsrer trefflichen Schalalster!

(Ach, mein Herr, ich wünsch es keinem.)
Folgender ›Entwurf zu einem
bürgerlichen Trauerspiele‹

gibt dem Ganzen eine Wende,
die uns, wie Sie (und wohl viele)
nicht ganz ungleichmütig fühlen

werden, lehrt, wie doch noch alles
recht in Blindheit lebt. Derweilen
und mit Dank und Grüßen (falls der

Anteil an der Fisch-Allmende
wirklich echt in Ihren Zeilen!)
Ihre X. – Ich bin zu Ende.

ENTWURF ZU EINEM TRAUERSPIELE

Ein Fluß, namens Elster,
besinnt sich auf seine wahre Gestalt
und fliegt eines Abends
einfach weg.

Ein Mann, namens Anton,
erblickt ihn auf seinem Acker und schießt
ihn mit seiner Flinte
einfach tot.

Das Tier, namens Elster,
bereut zu spät seine selbstische Tat
(denn – Wassersnot tritt
einfach ein).

Der Mann, namens Anton,
(und das ist leider kein Wunder) weiß
von seiner Mitschuld
einfach nichts.

Der Mann, namens Anton,
(und das versöhnt in einigem Maß)
verdurstet gleichwohl
einfach auch.

DAS BUTTERBROTPAPIER

Ein Butterbrotpapier im Wald, –
da es beschneit wird, fühlt sich kalt...

In seiner Angst, wiewohl es nie
an Denken vorher irgendwie

gedacht, natürlich, als ein Ding
aus Lumpen usw., fing,

aus Angst, so sagte ich, fing an
zu denken, fing, hob an, begann,

zu denken, denkt euch, was das heißt,
bekam (aus Angst, so sagt ich) – Geist,

und zwar, versteht sich, nicht bloß so
vom Himmel droben irgendwo,

vielmehr infolge einer ganz
exakt entstandnen Hirnsubstanz –

die aus Holz, Eiweiß, Mehl und Schmer,
(durch Angst) mit Überspringen der

sonst üblichen Weltalter, an
ihm Boden und Gefäß gewann –

[(mit Überspringung) in und an
ihm Boden und Gefäß gewann].

Mit Hilfe dieser Hilfe nun
entschloß sich das Papier zum Tun, –

zum Leben, zum – gleichviel, es fing
zu gehn an – wie ein Schmetterling…

zu kriechen erst, zu fliegen drauf,
bis übers Unterholz hinauf,

dann über die Chaussee und quer
und kreuz und links und hin und her –

wie eben solch ein Tier zur Welt
(je nach dem Wind) (und sonst) sich stellt.

Doch, Freunde! werdet bleich gleich mir! –:
Ein Vogel, dick und ganz voll Gier,

erblickts (wir sind im Januar…) –
und schickt sich an, mit Haut und Haar –

und schickt sich an, mit Haar und Haut –
(wer mag da endigen!) (mir graut) –

(Bedenkt, was alles nötig war!) –
und schickt sich an, mit Haut und Haar – –

Ein Butterbrotpapier im Wald
gewinnt – aus Angst – Naturgestalt...

Genug!! Der wilde Specht verschluckt
das unersetzliche Produkt...

DROSCHKENGAULS JÄNNERMEDITATION

»Ich stoße Dampf aus Haut und Nase –
der Frost entwickelt meine Gase.

Ich dringe in die Atmosphäre –
als wär ich eine Mondhof-Mähre!

Es fehlt nur, daß ich blutig glute –
so wär ich eine Nordlicht-Stute!!

Ja, dampft ich hint im Fixsternhimmel –
ich wär ein Milchstraßnebel-Schimmel!!!«

DAS AUGE DER MAUS

Das rote Auge einer Maus
lugt aus dem Loch heraus.

Es funkelt durch die Dämmerung...
Das Herz gerät in Hämmerung.

»Das Herz von wem?« Das Herz von mir!
Ich sitze nämlich vor dem Tier.

O Seele, denk an diese Maus!
Alle Dinge sind voll Graus.

DIE SCHUHE

Man sieht sehr häufig unrecht tun,
doch selten öfter als den Schuhn.

Man weiß, daß sie nach ewgen Normen
die Form der Füße treu umformen.

Die Sohlen scheinen auszuschweifen,
bis sie am Ballen sich begreifen.

Ein jeder merkt: es ist ein Paar.
Nur Mägden wird dies niemals klar.

Sie setzen Stiefel (wo auch immer)
einander abgekehrt vors Zimmer.

Was müssen solche Schuhe leiden!
Sie sind so fleißig, so bescheiden;

sie wollen nichts auf dieser Welt,
als daß man sie zusammenstellt,

nicht auseinanderstrebend wie
das unvernünftig blöde Vieh!

O ihr Marie, Sophie, Therese, –
der Satan wird euch einst, der böse,

die Stiefel anziehn, wenn es heißt,
hinweg zu gehn als seliger Geist!

Dann werdet ihr voll Wehgeheule
das Schicksal teilen jener Eule,

die, als zwei Hasen nach sie flog
und plötzlich jeder seitwärts bog,

der eine links, der andre rechts,
zerriß (im Eifer des Gefechts)!

Wie Puppen, mitten durchgesägte,
so werdet ihr alsdann, ihr Mägde,

bei Engeln halb und halb bei Teufeln
von nie gestillten Tränen träufeln,

der Hölle ein willkommner Spott
und peinlich selbst dem lieben Gott.

DAS TELLERHAFTE

Das Tellerhafte naht heran
auf sieben Gänsefüßen.
Das Tellerhafte naht heran,
mein Dasein zu entsüßen.

Es naht sich im gestreckten Lauf
als wie der Gaul dem Futter;
bald liegts als wie ein Fisch ihm auf
und bald wie Brot und Butter.

Ich fühle mich so recht verhext
als wie in alten Mären: –
Ich werde, werde wohl demnext
ein Galgenkind gebären.

SCHICKSAL

Der Wolke Zickzackzunge spricht:
»Ich bringe dir, mein Hammel, Licht.«

Der Hammel, der im Stalle stand,
ward links und hinten schwarz gebrannt.

Sein Leben grübelt er seitdem:
warum ihm dies geschah von wem.

ZWISCHENDURCH

Ein Hund, der naß im Regen wurde,
empfand die Nässigkeit als Burde
und wünschte sich ein Taschentuch,
um sich zum mindesten die Nase –
statt dessen wälzte er im Grase
sich, doch mit Mißerfolg, da dies
ihm gleichfalls nichts als Nässe ließ.

DAS GRAB DES HUNDS

Gestern war ich in dem Tal,
wo der Hund begraben liegt.
Trat erst durch ein Felsportal
und dann, wo nach links es biegt.

Vorwärts drang ich ungestört
noch um ein Erkleckliches –
Ist auch niemand da, der hört?
Denn nun tat ich Schreckliches:

Hob den Stein, auf welchem steht,
welchem steht: Hier liegt der Hund –
hob den Stein auf, hob ihn – und –
sah – oh, die ihr da seid, geht!

Sah – sah die Idee des Hunds,
sah den Hund, den Hund an sich.
Reichen wir die Hände uns;
dies ist wirklich fürchterlich.

Wie sie aussah, die Idee?
Bitte, bändigt euren Mund.
Denn ich kann nicht sagen meh,
als daß sie aussah wie ein – Hund.

DAS NILPFERD

Ein Nilpferd las sich jüngst, o weh,
statt mit groß 𝔑 mit groß 𝔄.

Worauf es flugs von den Ästheten
als Wappentier ward auserbeten.

Zerknirscht von ungeheurer Pein,
ging es ob dieser Torheit ein …

Seit damals wird dem Nilflußpferd
die deutsche Schrift nicht mehr gelehrt.

Und schreibt man klug das Nilflußroß
römisch und ›Hippopotamos‹.

DER SPERLING UND DAS KÄNGURUH

In seinem Zaun das Känguruh –
es hockt und guckt dem Sperling zu.

Der Sperling sitzt auf dem Gebäude –
doch ohne sonderliche Freude.

Vielmehr, er fühlt, den Kopf geduckt,
wie ihn das Känguruh beguckt.

Der Sperling sträubt den Federflaus –
die Sache ist auch gar zu kraus.

Ihm ist, als ob er kaum noch säße ...
Wenn nun das Känguruh ihn fräße?!

Doch dieses dreht nach einer Stunde
den Kopf aus irgend einem Grunde,

vielleicht auch ohne tiefern Sinn,
nach einer andern Richtung hin.

NATURSPIEL

(Eine Unterlage für Programm-Musik)

Ein Hund,
mit braunen Flecken
auf weißem Grund,
jagt ein Huhn,
mit weißen Flecken
auf braunem Grund,
nicht unergötzlich
in einem Torgang
von links nach rechts,
von rechts nach links,
herüber,
hinüber.

Plötzlich
(Gott behüte uns
vor einem ähnlichen Vorgang!)
springen
wohl im Ringen
und Reiz
der Gefechts-
leiden-
schaft,
wie im Takt –
(oh, wie kann
man

es
nur
heraus-
bringen!) ...
als wie kraft
eines gegen-
seitigen
Winks
der beiden
Eigen-
tümer –
die Flecken des Huhns
los und locker
aus ihrer Fassung
auf den Hund über
und die Flecken des Hunds
ihrerseits
auf das Huhn.
Und nun –:
(Welch ein Akt
ungestümer
reziproker
Anpassung,
mit keinem anderweitigen
Tableau

noch Prozeß
im weiten Haus,
Kreis,
Rund
und Reigen
der Natur
zu belegen!)
ist der Hund –
weiß
und das Huhn – braun
anzuschaun!!

DER GESTRICHENE BOCK

Ein Wildbret mußt allabendlich
auf einem Hoftheater sich
im Hauptakt auf das Stichwort ›Schürzen‹
von links aus der Kulisse stürzen.

Beim zwölften Male brach es aus
und rannte dem Souffleur ins Haus,
worauf es kurzweg – und sein Part –
von der Regie gestrichen ward.

Zwei Hoftheaterdiener brachten
am nächsten Morgen den gedachten
gestrichnen königlichen Bock
per Auto nach Hubertusstock.

Dort geht das Wildbret nun herum
und unterhält sein Publikum
aus Reh, Hirsch, Eber, Fuchs und Maus
von ›Rolle‹, ›Stichwort‹ und ›Applaus‹.

TERTIUS GAUDENS

(Ein Stück Entwickelungsgeschichte)

Vor vielen Jahren sozusagen
hat folgendes sich zugetragen.

Drei Säue taten um ein Huhn
in einem Korb zusammen ruhn.

Das Huhn, wie manchmal Hühner sind
(im Sprichwort mindestens), war blind.

Die Säue waren schlechtweg Säue
von völliger Naturgetreue.

Dies Dreieck nahm ein Mann aufs Ziel,
vielleicht wars auch ein Weib, gleichviel.

Und trat heran und gab den Schweinen –
ihr werdet: Runkelrüben meinen.

O nein, er warf – (er oder sie) –
warf – Perlen vor das schnöde Vieh.

Die Säue schlossen träg die Lider...
Das Huhn indessen, still und bieder,

erhob sich ohne Hast und Zorn
und fraß die Perlen auf wie Korn.

Der Mensch entwich und sann auf Rache;
doch Gott im Himmel wog die Sache

der drei Parteien und entschied,
daß dieses Huhn im nächsten Glied

die Perlen außen tragen solle.
Auf welche Art die Erdenscholle –

das Perlschwein –? Nein! Das war verspielt!
das Perl-H u h n zum Geschenk erhielt.

DER LEU

Auf einem Wandkalenderblatt
ein Leu sich abgebildet hat.

Er blickt dich an, bewegt und still,
den ganzen 17. April.

Wodurch er zu erinnern liebt,
daß es ihn immerhin noch gibt.

DAS GEIERLAMM

Der Lämmergeier ist bekannt,
das Geierlamm erst hier genannt.

Der Geier, der ist offenkundig,
das Lamm hingegen untergrundig.

Es sagt nicht hu, es sagt nicht mäh
und frißt dich auf aus nächster Näh.

Und dreht das Auge dann zum Herrn.
Und alle habens herzlich gern.

DER ZWI

Er war ein wunderlicher Tropf.
Er hatte außer seinem Kopf
noch einen zweiten Kopf, am Knie,
weshalb man ihn auch hieß: den Zwi.

Was Essen, Trinken, Liebe, Schlaf,
kurz, das Gewöhnliche betraf,
vertrug das Paar sich höchst bequem
nach alphabetischem System.

Mehr wert indessen war, wie es
des Denkens göttlichen Prozeß
zum allgemeinen Wohl der Welt
in der Erkenntnis Dienst gestellt.

Es gab sich nämlich klar und schlicht
von jeder Impression Bericht,
die es – und zwar vom selben Ding –
im respektiven Hirn empfing.

Z. B. las das Schädelpaar
ein Buch (im Doppelexemplar),
so fand sofort nach jedem Blatt
ein Dialog (nach Platon) statt.

Ein andermal geht unser Held
mit zwei Bananen über Feld,
bis er auf einem Meilenstein
hinsitzt mit überschlagnem Bein.

Er ißt, und kaum er ausgespeist,
interpretiert zweimal sein Geist
den Hunger, der so süß gestillt,
verdoppelnd des Genusses Bild.

Unglaublich und absonderlich!
Ein Körper, denkt euch, und zwei Ich!
Ein Mensch, der selbst sich duzt, ein Mann,
der Aug in Aug sich sitzen kann!!

UNTER SPIEGELBILDERN

Unter lauter Spiegelbildern
war ich diese Nacht im Traum.
(Laß die Phantasie nicht wildern,
halte sie vielmehr im Zaum!)

Alles war daselbst vorhanden,
was Natur und Mensch gemacht,
selbst ein Löwe, der (in Banden)
einst vor ein Trumeau gebracht.

Doch nicht einmal nur war Tier und
Mensch und andres hier, o Graun!
Eine Frau war hundertvierund-
fünfzigtausendmal zu schaun.

Auch ein Fräulein war zur Stelle,
ganz gehüllt in blondes Haar,
die in eines Waldborns Welle
einst im Mond gestiegen war.

Leute sah man, die man nie sonst
so gesehn (und umgekehrt);
wer ein Vieh sonst, ein Genie sonst,
hier erst sah man seinen Wert.

Hüt dich drum, du sichres Siegel,
wer du seist und wo du seist;
sieh dich niemals in den Spiegel,
sonst verfällst du meinem Geist.

Deines Spiegels dunkle Klarheit
hat dein Bild, du weißt nicht wie,
und dann seh ich deine Wahrheit;
denn die Spiegel lügen nie.

DEUS ARTIFEX

Wer kennte nicht die wackre Mähre,
die, täglich weniger gespeist,
zuletzt, gedrängt von innrer Leere,
emporfuhr als verklärter Geist?

Dies Tier ward Richards Rosinante,
als er sein bodlos Leben schloß.
Es hob der große Unbekannte
höchstselbst den Seligen aufs Roß.

Worauf er sprach: »Du mochtest wähnen,
du seist ein gottverlaßner Tropf.
Ich habe stets bei meinen Plänen
ein ganz bestimmtes Bild im Kopf.«

Und schritt hinweg. Der ganze Himmel
sprang auf und wünschte Richard Glück ...
Und traun! Der Mann samt seinem Schimmel
war in der Tat ein Meisterstück.

DIE FLEDERMAUS

Kurhauskonzertbierterrassenereignis

Die Fledermaus
hört ›sich‹ von Strauß.

Der Bogen-Mond
wirkt ungewohnt.

Es rührt ihr Flugel
die Milchglaskugel.

Der Damen Schar:
»Mein Hut! Mein Haar!«

Sie stürzt, wirr – worr ––
'nem Gast ins Pschorr.

Der Pikkolo
entfernt sie: –: so –: . . .

Die ›Fledermaus‹
ist grade aus.

DAS BUCH

Ein Buch lag aufgeschlagen,
  auf irgendeinem Pult,
    in irgendeiner Nacht.

Auf seinen Seiten ruhte
  des Mondes bleiches Licht,
    des Mondes blasse Lust.

Da ließ die zwei Paginen
  der zwei Paginen Geist,
    der zwei Paginen Sinn.

Und florte wie ein Schleier,
  vom Mondenlicht gelockt,
    ins Mondenlicht hinein.

Der Schleier wies die Sonne
  (sie stieg von Seite neun
    bis Seite zehn empor

in ihrem schönsten Feuer,
  ein strahlend Phänomen,
    ein flammendes Geleucht) ...

Sie hing in Mondspinnweben,
ein güldner Ball des Glücks,
ein güldnes heiliges Herz!

Der Fensterrahmen rückte.
Die Klause wurde blau.
Der Schleier sank zurück.

Das Buch lag wieder traumhaft
samt seiner Majestät
im wieder nächtigen Raum.

Ein Sturmstoß kam es blättern ...
Ein Sturmstoß schloß die Mär.
Vom Turm her scholl es zwölf.

DIE UNTERHOSE

Heilig ist die Unterhose,
wenn sie sich in Sonn und Wind,
frei von ihrem Alltagslose,
auf ihr wahres Selbst besinnt.

Fröhlich ledig der Blamage
steter Souterränität,
wirkt am Seil sie als Staffage,
wie ein Segel leicht gebläht.

Keinen Tropus ihr zum Ruhme
spart des Malers Kompetenz,
preist sie seine treuste Blume
Sommer, Winter, Herbst und Lenz.

EIN BÖSER TAG

Wie eine Hummel brummt mein Geist
sein Reich voll Unrast hin und her;
die Blüten lassen heut ihn leer,
so viel er hungrig auch umkreist.

Denn kaum erfüllt ihn ein Begehr –
als ihm ein andres dies verweist!
Wie eine Hummel brummt mein Geist
sein Reich heut rastlos hin und her.

»Wenn also strenge Reihn du reihst,«
dozierst du, »ist dein Herz nicht schwer!«
Du bist ein Esel, wer du seist!
Heut komm mir keiner in die Quer!

Wie eine Hummel brummt mein Geist.

GEBURTSAKT DER PHILOSOPHIE

Erschrocken staunt der Heide Schaf mich an,
als sähs in mir den ersten Menschenmann.
Sein Blick steckt an; wir stehen wie im Schlaf;
mir ist, ich säh zum ersten Mal ein Schaf.

PLÖTZLICH ...

Plötzlich staunt er vor seinem Zwicker,
daß er nicht ›gehe‹; gleich als ob das Glas,
wie eine Uhr, nun eben: ›gehen‹ müßte.
Wie? war er – stehen geblieben? –
Lebenswitz.
Auf zwei Sekunden Wahrheit, hier für drei
zuviel schon. Gleichwohl. Plötzlich ... Schluß.

DER KORBSTUHL

Was ich am Tage stumm gedacht,
vertraut er eifrig an der Nacht.

Mit Knisterwort und Flüsterwort
erzählt er mein Geheimnis fort.

Dann schweigt er wieder lang und lauscht –
indes die Nacht gespenstisch rauscht.

Bis ihn der Bock von neuem stößt
und sich sein Krampf in Krachen löst.

PHYSIOGNOMISCHES

Lalacrimas, es war ein Wesen,
dem Weinen immer nahe stand;
indessen Lagrimaß, davon genesen,
durch Mienenspiele sich entband.

Ich lernte sie als Schwestern kennen,
und sie ergänzten sich so baß,
daß ich so frei war, sie bei mir zu nennen:
Lalacrimas und Lagrimaß.

RONDELL

Durch die Schnauzen der Cavalle
schreit ich ruhig meines Weges.
Mitten im Gewühl der Droschken
les ich Kellers Tanzlegendchen.

Besser nirgends denn auf Plätzen,
wo sich hundert Linien kreuzen,
kreuz ich selbst, ein leichter Segler,
kühl-gelassen meines Weges.

Ruhig schreit ich durchs Gewimmel,
habe keine Angst vor Rädern,
lasse mir den Weg nicht irren
durch die Schnauzen der Cavalle.

DIE ZWEI PARALLELEN

Es gingen zwei Parallelen
ins Endlose hinaus,
zwei kerzengerade Seelen
und aus solidem Haus.

Sie wollten sich nicht schneiden
bis an ihr seliges Grab:
Das war nun einmal der beiden
geheimer Stolz und Stab.

Doch als sie zehn Lichtjahre
gewandert neben sich hin,
da wards dem einsamen Paare
nicht irdisch mehr zu Sinn.

War'n sie noch Parallelen?
Sie wußtens selber nicht, –
sie flossen nur wie zwei Seelen
zusammen durch ewiges Licht.

Das ewige Licht durchdrang sie,
da wurden sie eins in ihm;
die Ewigkeit verschlang sie
als wie zwei Seraphim.

DENKMALSWUNSCH

Setze mir ein Denkmal, cher,
ganz aus Zucker, tief im Meer.

Ein Süßwassersee, zwar kurz,
werd ich dann nach meinem Sturz;

doch so lang, daß Fische, hundert,
nehmen einen Schluck verwundert. –

Diese ißt in Hamburg und
Bremen dann des Menschen Mund. –

Wiederum in eure Kreise
komm ich so auf gute Weise,

während, werd ich Stein und Erz,
nur ein Vogel seinen Sterz

oder gar ein Mensch von Wert
seinen Witz auf mich entleert.

DER GINGGANZ

Gingganz ist einfach ein deutsches Wort für Ideologe.

(›Stufen‹, S. 95)

Ein Gingganz bedeutet damit fortan ein in Gedanken Vertiefter, Verlorener, ein Zerstreuter, ein Grübler, Träumer, Sinnierer.

(›Christian Morgenstern über die Galgenlieder‹, S. 48)

DER GINGGANZ

Ein Stiefel wandern und sein Knecht
von Knickebühl gen Entenbrecht.

Urplötzlich auf dem Felde drauß
begehrt der Stiefel: »Zieh mich aus!«

Der Knecht drauf: »Es ist nicht an dem;
doch sagt mir, lieber Herre, – !: wem?«

Dem Stiefel gibt es einen Ruck:
»Fürwahr, beim heiligen Nepomuk,

ich GING GANZ in Gedanken hin . . .
Du weißt, daß ich ein andrer bin,

seitdem ich meinen Herrn verlor . . .«
Der Knecht wirft beide Arm empor,

als wollt er sagen: »Laß doch, laß!«
Und weiter zieht das Paar fürbaß.

DER AESTHET

Wenn ich sitze, will ich nicht
sitzen, wie mein Sitz-Fleisch möchte,
sondern wie mein Sitz-Geist sich,
säße er, den Stuhl sich flöchte.

Der jedoch bedarf nicht viel,
schätzt am Stuhl allein den Stil,
überläßt den Zweck des Möbels
ohne Grimm der Gier des Pöbels.

DIE OSTE

Er ersann zur Weste
eines Nachts die Oste!
Sprach: »Was es auch koste! –«
sprach (mit großer Geste):

»Laßt uns auch von hinten
seidne Hyazinthen
samt Karfunkelknöpfen
unsern Rumpf umkröpfen!
Nicht nur auf dem Magen
laßt uns Uhren tragen,
nicht nur überm Herzen
unsre Sparsesterzen!
Fort mit dem betreßten
Privileg der Westen!
Gleichheit allerstücken!
Osten für den Rücken!«

Und sieh da, kein Schneider
sagte hierzu: Leider –!
Hunderttausend Scheren
sah man Stoffe queren . . .
Ungezählte Posten
wurden schönster Osten
noch vor seinem Tode
›letzter Schrei‹ der Mode.

DER VERGESS

Er war voll Bildungshung, indes,
soviel er las
und Wissen aß,
er blieb zugleich ein Unverbeß,
ein Unver, sag ich, als Vergeß;
ein Sieb aus Glas,
ein Netz aus Gras,
ein Vielfreß –
doch kein Haltefraß.

LIEB OHNE WORTE

Mich erfüllt Liebestoben zu dir!
Ich bin deinst,
als ob einst
wir vereinigst.

Sei du meinst!
Komm Liebchenstche zu mir –
ich vergehste sonst
sehnsuchtstgepeinigst.

Achst, achst, schwachst schwachst arms Wortleinstche, was?
Genug denn, auch du, auch du liebsest.
Fühls, fühls ganzst ohne Worte: sei Meinstlein!
Ich sehne dich sprachlosestest.

ER

Er kratzte sinnend sich den Hinterkopf
mit seinem Kleinenfingernagel, den er
so lange nicht beschnitten hatte, bis
derselbe rings um unsre Erdensphäre
gewachsen war und ihm am Ende jener
den längst inzwischen kahl gewordnen Schopf
hinreichte (Ziel zugleich und Hindernis) –
ob es nicht kürzer auch gegangen wäre.

ES PFEIFT DER WIND...

Es pfeift der Wind. Was pfeift er wohl?
Eine tolle, närrische Weise.
Er pfeift auf einem Schlüssel hohl,
bald gellend und bald leise.

Die Nacht weint ihm den Takt dazu
mit schweren Regentropfen,
die an der Fenster schwarze Ruh
ohn End eintönig klopfen.

Es pfeift der Wind. Es stöhnt und gellt.
Die Hunde heulen im Hofe. –
Er pfeift auf diese ganze Welt,
der große Philosophe.

DER HEILIGE PARDAUZ

Im Inselwald ›Zum stillen Kauz‹,
da lebt der heilige Pardauz.

Du schweigst? Ist dir der Mund verklebt?
Du zweifelst, ob er wirklich lebt?

So sag ichs dir denn ungefragt:
Er lebt, auch wenn dirs mißbehagt.

Er lebt im Wald ›Zum stillen Kauz‹,
und schon sein Vater hieß Pardauz.

Dort betet er für dich, mein Kind,
weil du und andre Sünder sind.

Du weißt nicht, was du ihm verdankst, –
doch daß du nicht schon längst ertrankst,

verbranntest oder und so weiter –
das dankst du diesem Blitzableiter

der teuflischen Gewitter. Ach,
die Welt ist rund, der Mensch ist schwach.

GOLCH UND FLUBIS

Golch und Flubis, das sind zwei
Gaukler aus der Titanei,

die mir einst in einer Nacht
Zri, die große Zra, vermacht.

Mangelt irgend mir ein Ding,
ein Beweis, ein Baum, ein Ring –

ruf ich Golch, und er verwandelt
sich in das, worum sichs handelt.

Während Flubis umgekehrt
das wird, was man gern entbehrt.

Bei z. B. Halsbeschwerden
wird das Halsweh Flubis werden.

Fällte dich z. B. Mord,
ging der Tod als Flubis fort.

Lieblich lebt es sich mit solchen
wackern Flubissen und Golchen.

Darum suche jeder ja
dito Zri, die große Zra.

GESPENST

Es gibt ein Gespenst,
das frißt Taschentücher;
es begleitet dich
auf deiner Reise,
es frißt dir aus dem Koffer,
aus dem Bett,
aus dem Nachttisch,
wie ein Vogel
aus der Hand,
vieles weg, –
nicht alles, nicht auf Ein Mal.
Mit achtzehn Tüchern,
stolzer Segler,
fuhrst du hinaus
aufs Meer der Fremde,
mit acht bis sieben
kehrst du zurück,
ein Gram der Hausfrau.

DIE DREI WINKEL

Drei Winkel klappen ihr Dreieck
zusammen wie ein Gestell
und wandern nach Hirschmareieck
zum Widiwondelquell.

Dort fahren sie auf der Gondel
hinein in den Quellenwald
und bitten die Widiwondel
um menschliche Gestalt.

Die Wondel – ihr Dekorum
zu wahren – spricht Latein:
»Vincula, vinculorum,
in vinculis Fleisch und Bein!«

Drauf nimmt sie die lockern Braten
und wirft sie in den Teich: –
Drei Winkeladvokaten
entsteigen ihm alsogleich.

Drei Advokaten stammen
aus dieses Weihers Schoß.
Doch zählst du die drei zusammen,
so sind es zwei rechte bloß.

DER SCHNUPFEN

Ein Schnupfen hockt auf der Terrasse,
auf daß er sich ein Opfer fasse

– und stürzt alsbald mit großem Grimm
auf einen Menschen namens Schrimm.

Paul Schrimm erwidert prompt: »Pitschü!«
und hat ihn drauf bis Montag früh.

ETIKETTEN-FRAGE

Ein halber Eßl. und ein Teel.
besahn einander stolz und scheel.

Der Teel. erklärte: »Ich bin mehr!«
Der halbe Eßl. rief, nein, er!

Die Wissenschaft entschied voll Hohn:
Das kommt vom populären Ton.

»Ihr seid«, sprach patzig die Madam,
»einfach fünf Gramm und zehen Gramm.«

LEBENS-LAUF

Ein Mann verfolgte einen andern
(aus Deutz). (Er selber war aus Flandern.)

Der Deutzer, just kein großer Held,
gibt unverzüglich Fersengeld.

Der Fläme sagt sich: »Ei, nun gut!«
und sammelt es in seinen Hut.

Und sammelt bis zur finstern Nacht,
und morgens, als der Hahn erwacht

und jener weiter flieht, voll Reue,
da füllt er seinen Hut aufs neue.

Durch ganz Europa geht es so.
Sie sind bereits am Flusse Po.

Sie sind in Algier ungefähr,
da ist der eine Millionär.

Wie – Millionär? O Allahs Güte!
Sein Schatz mißt hunderttausend Hüte.

Nein: Legionär – dies ist das Wort!
Und jener sagts ihm auch sofort.

Und beide teilen sich das Geld
und kaufen sich dafür die Welt.

––––––

Tief in Marokko steht ein Kreuz,
da ruhn die aus Brabant und Deutz,

die beiden fremden Legionäre.
O Mensch, das Geld ist nur Schimäre!

IM REICH DER INTERPUNKTIONEN

Im Reich der Interpunktionen
nicht fürder goldner Friede prunkt:

Die Semikolons werden Drohnen
genannt von Beistrich und von Punkt.

Es bildet sich zur selben Stund
ein Antisemikolonbund.

Die einzigen, die stumm entweichen
(wie immer), sind die Fragezeichen.

Die Semikolons, die sehr jammern,
umstellt man mit geschwungnen Klammern

und setzt die so gefangnen Wesen
noch obendrein in Parenthesen.

Das Minuszeichen naht, und – schwapp!
da zieht es sie vom Leben ab.

Kopfschüttelnd blicken auf die Leichen
die heimgekehrten Fragezeichen.

Doch, wehe! neuer Kampf sich schürzt:
Gedankenstrich auf Komma stürzt –

und fährt ihm schneidend durch den Hals,
bis dieser gleich – und ebenfalls

(wie jener mörderisch bezweckt)
als Strichpunkt das Gefild bedeckt! . . .

Stumm trägt man auf den Totengarten
die Semikolons beider Arten.

Was übrig von Gedankenstrichen,
kommt schwarz und schweigsam nachgeschlichen.

Das Ausrufszeichen hält die Predigt;
das Kolon dient ihm als Adjunkt.

Dann, jeder Kommaform entledigt,
stapft heimwärts man, Strich, Punkt, Strich, Punkt . . .

DIE GLOCKE

Werbokken in Werbokknen
war ganz aus Käs gemacht,
aus weichem und aus trocknem,
seit jener großen Schlacht,

womit das Volk der Maden
den Heiligen Krieg beendet
und sich durch Gottes Gnaden
dem Käse zugewendet.

Nur eine einzige Glocke
verblieb dabei dem Haufen:
Vermöge ihres Käses
begann sie wegzulaufen.

Es war die Käseglocke,
die Glocke Çekesla.
Nicht lang, so hing sie klingend
dem Chor der Sterne nah.

Denn zärtlich ward derselben
ein Dom getürmt empor
aus weißem und aus gelbem
und grünem Käsmarmor.

Der Klöppel ward gedrechselt
aus einem Ziegenkäs,
den man im Grab gefunden
von einem alten Knäs.

Das Läutseil ward geflochten
aus seidnem Parmesan,
und tausend Käseglöckner
zogen tagtäglich daran.

Doch eines Tages sprang sie
aus ihrem Stuhl und – zer!
Seitdem gibts in Werbokknen
wohl keine Glocke mehr.

Seit jenem Tage ward es
ein Land ganz ohne Ruhm
und sank samt seinem Käse
zurück ins Heidentum.

DAS LÖWENREH

Das Löwenreh durcheilt den Wald
und sucht den Förster Theobald.

Der Förster Theobald desgleichen
sucht es durch Pirschen zu erreichen,

und zwar mit Kugeln, deren Gift
zu Rauch verwandelt, wen es trifft.

Als sie sich endlich haben, schießt
er es, worauf es ihn genießt.

Allein die Kugel wirkt alsbald:
Zu Rauch wird Reh nebst Theobald . . .

Seitdem sind beide ohne Frage
ein dankbares Objekt der Sage.

KLABAUTERMANN

Klabautermann,
Klabauterfrau,
Klabauterkind
im Schiffe sind.

Die Küchenfei
erblickt die drei.
Sie schreit: »O Graus,
das Stück ist aus!«

Den Pudel Pax –
den Kaufmann Sachs –
sie alle frißt
der Meerschoßdachs.

Klabautermann,
Klabauterfrau,
Klabauterkind
woanders sind.

BRIEF EINER KLABAUTERFRAU

›Mein lieber und vertrauter Mann,
entsetzlieber Klabautermann,
ich danke dir, für was du schreibst
und daß du noch vier Wochen bleibst.

Die ‚Marfa' ist ein schönes Schiff,
vergiß nur nicht das Teufelsriff;
ich lebe hier ganz unnervos,
denn auf der Elbe ist nichts los.

Bei einem Irrlicht in der Näh
trink manchmal ich den Fünfuhrtee,
doch weil sie leider Böhmisch spricht,
verstehen wir einander nicht.

1. 6. 04. Stadt Trautenau.
Deine getreue Klabauterfrau.‹

DIE LAMPE

Es steht eine Lampe am weiten Meer.
Wo kommt denn die Lampe, die Lampe her?

Sie trägt ein Reformhemd aus grünem Tang
und steht auf der Insel Fragnichtlang.

Die Lampe, die Lampe, die Lampe, weh,
sie kommt aus der Werweißwosisee!

Da liegt ein Schiff ganz unten kaputt,
und aus seinen Fenstern schaun Molch und Butt.

Die Wellen, die Wellen, die haben sie geschwemmt:
Jetzt träumt sie, den Fuß auf die Küste gestemmt,

in ihrem Reformkleid aus grünem Tang . . .
Und im Hintergrund, da liegt – Fragnichtlang.

DER PAPAGEI

Es war einmal ein Papagei,
der war beim Schöpfungsakt dabei
und lernte gleich am rechten Ort
des ersten Menschen erstes Wort.

Des Menschen erstes Wort war A
und hieß fast alles, was er sah,
z. B. Fisch, z. B. Brot,
z. B. Leben oder Tod.

Erst nach Jahrhunderten voll Schnee
erfand der Mensch zum A das B
und dann das L und dann das Q
und schließlich noch das Z dazu.

Gedachter Papagei indem
ward älter als Methusalem,
bewahrend treu in Brust und Schnabel
die erste menschliche Vokabel.

Zum Schlusse starb auch er am Zips.
Doch heut noch steht sein Bild in Gips,
geschmückt mit einem grünen A,
im Staatsschatz zu Ekbatana.

DAS SYMBOL DES MENSCHEN

»Zeig mir,« sprach zu mir ein Dämon,
»zeig mir das Symbol des Menschen,
und ich will dich ziehen lassen.«
Ich darauf, mir meine schwarzen
Stiefel von den Zehen ziehend,
sprach: »Dies, Dämon, ist des Menschen
schauerlich Symbol; ein Fuß aus
grobem Leder, nicht Natur mehr,
doch auch noch nicht Geist geworden;
eine Wanderform vom Tierfuß
zu Merkurs geflügelter Sohle.«
Als ein Bildnis des Gelächters
stand ich da, ein neuer Heiliger.
Doch der Dämon, unbestimmbar
seufzend, bückte sich und schrieb mit
seinem Finger auf die Erde.

SCHIFF ›ERDE‹

»Ich will den Kapitän sehn«, schrie
die Frau, »den Kapitän, verstehn Sie?« –
»Das ist unmöglich«, hieß es. »Gehn Sie!
So gehn Sie doch! Sie sehn ihn nie!«

Das Weib, mit rasender Gebärde:
»So bringen Sie ihm d a s – und d a s –.«
(Sie spie die ganze Reling naß.)
Das Schiff, auf dem sie fuhr, hieß ›Erde‹.

VIER TEUFELSLEGENDCHEN

I. DER SCHÜLER

Ein Schüler in Paris,
gestorben und zur Hölle verdammt,
sich eines Abends wies
vor seinem Lehrer, der noch im Amt.

Ein Hemd war sein Gewand,
das war mit lauter Sophismen bestickt.
Und nachdem er den Unglücksmann angeblickt . . .
verneigte er sich und verschwand.

II. DER MALER

Ein Maler kühlte sein Gelüst –
und malte in der Apsis Grund
den Teufel wüst wie einen Hund.
Da stieß ihn dieser vom Gerüst.

Doch tiefer unten Maria stand.
Die reichte ihm ganz schnell die Hand
und, daß er stehn kunnt, seinem Fuß
den Schnabel ihres winzigen Schuhs –

und sprach zu dem Erschrocknen: »Sieh,
so lohnt die junge Frau Marie
dem Schelm, der heute schier geprahlt,
doch vordem s i e so s c h ö n gemalt!«

III. DER RABBINER

Ein Prager Rabbiner, namens Brod,
gelangte durch teuflische Magie
zu solcher Macht, daß selbst der Tod
vergebens wider ihn Flammen spie.

Doch endlich geriet es dem Tode doch:
Er verbarg sich in einer Rose Grund.
Der Teufel dachte der Rose nicht, und
der Rabbiner starb, als er an ihr roch.

IV. DER HAHN

Zu Basel warf einst einen Hahn
der hohe Magistrat ins Loch,
dieweil er eine Tat getan,
die nach des Teufels Küche roch.

Er hatte, wider die Natur,
ein Ei gelegt, – dem Herrn zum Trotz!
Doch nicht genug des Frevels nur, –
er schien auch reulos wie ein Klotz.

So ward er vor Gericht gestellt,
verhört, gefoltert und verdammt,
und Rechtens dann, vor aller Welt,
ein Holzstoß unter ihm entflammt.

Der Hahn schrie kläglich Kikriki,
der Basler Volk sang laut im Kreis.
Doch plötzlich rief wer: »Auf die Knie!
Gottlob! jetzt schrie er – Kyrieleis!«

ZEITGEDICHTE

DIE ZEIT

Es gibt ein sehr probates Mittel,
die Zeit zu halten am Schlawittel:
Man nimmt die Taschenuhr zur Hand
und folgt dem Zeiger unverwandt.

Sie geht so langsam dann, so brav
als wie ein wohlgezogen Schaf,
setzt Fuß vor Fuß so voll Manier
als wie ein Fräulein von Saint-Cyr.

Jedoch verträumst du dich ein Weilchen,
so rückt das züchtigliche Veilchen
mit Beinen wie der Vogel Strauß
und heimlich wie ein Puma aus.

Und wieder siehst du auf sie nieder;
ha, Elende! – Doch was ist das?
Unschuldig lächelnd macht sie wieder
die zierlichsten Sekunden-Pas.

DAS GRAMMOPHON

Der Teufel kam hinauf zu Gott
und brachte ihm sein Grammophon
und sprach zu ihm, nicht ohne Spott:
»Hier bring ich dir der Sphären Ton.«

Der Herr behorchte das Gequiek
und schien im Augenblick erbaut:
Es ward fürwahr die Welt-Musik
vor seinem Ohr gespenstisch laut.

Doch kaum er dreimal sie gehört,
da war sie ihm zum Ekel schon, –
und höllwärts warf er, tief empört,
den Satan samt dem Grammophon.

DIE TAFELN

Man soll nichts gegen jene Tafeln sagen,
die eine Hand an ihrer Stirne tragen,

den Namen einer Schenke nahebei,
den Paragraphen einer Polizei.

Sie sind, wenn sonst nichts spricht im weiten Land,
ein wundervoller justiger Verstand.

Bescheiden zeugt ihr Dasein von Kultur:
Hier herrscht der Mensch – und nicht mehr Bär und Ur.

DIE STATIONEN

Überall, auf allen Stationen
ruft der Mensch den Namen der Station,
überall, wo Bahnbeamte wohnen,
schallt es ›Köpnick‹ oder ›Iserlohn‹.
Wohl der Stadt, die Gott tut so belohnen:
Nicht im Stein nur lebt sie, auch im Ton!
Täglich vielmals wird sie laut verkündet
und dem Hirn des Passagiers verbündet.

Selbst des Nachts, wo sonst nur Diebe munkeln,
hört man: ›Kötzschenbroda‹, ›Schrimm‹, ›Kamenz‹,
sieht man Augen, Knöpfe, Fenster funkeln;
kein Stationchen ist so klein – man nennts!
Prenzlau, Bunzlau kennt man selbst im Dunkeln
dank des Dampfs verbindender Tendenz.
Nur die Dörfer seitwärts liegen stille . . .
Doch getrost, auch dies ist Gottes Wille.

DER BAHNVORSTAND

Der Bahnvorstand des kleinen Orts
bedünkt vom Rang sich eines Lords.

Ein Vororts-, Fern- und Güterzug
zu gleicher Zeit (!) – das ist genug.

Er streckt die Hand vorn in die Brust
und blickt mit wahrer Feldherrnlust.

Er steckt den Arm bald her, bald hin:
Sein Leben hat nun wirklich Sinn . . .

Zum Größten spräch sein Herz nun: »Komm!«
Er ist ein Mensch; voilà! un homme!

DER GLAUBE

Eines Tags bei Kohlhasficht
sah man etwas Wunderbares.
Doch daß zweifellos und wahr es,
dafür bürgt das Augenlicht.

Nämlich standen dort zwei Hügel,
höchst solid und wohl bestellt;
einen schmückten Windmühlflügel
und den andern ein Kornfeld.

Plötzlich eines Tags um viere
wechselten die Plätze sie;
furchtbar brüllten die Dorfstiere,
und der Mensch fiel auf das Knie.

Doch der Bauer Anton Metzer,
weit berühmt als frommer Mann,
sprach: »Ich war der Landumsetzer,
zeigt mich nur dem Landrat an.

Niemand anders als mein Glaube
hat die Berge hier versetzt.
Daß sich keiner was erlaube:
Denn ich fühle stark mich jetzt.«

Aller Auge stand gigantisch
offen, als er dies erzählt.
Doch das Land war protestantisch,
und in Dalldorf starb ein Held.

DER GROSSSTADTBAHNHOFTAUBER

(Eine Zivilisationsballade)

Der Großstadtbahnhoftauber pickt,
was Gott sein Herr ihm fernher schickt.

Aus Salzburg einen Zehntel Kipfel,
aus Frankfurt einen Würstchen-Zipfel.

Aus Bozen einen Apfelbutzen
und ein Stück Käs aus den Abruzzen.

So nimmt er teil, so steht er gleich
wer immer wem im Deutschen Reich

und außerhalb und überhaupt,
so weit man an dergleichen glaubt.

DER E. P. V.

(Dem 2. Garderegiment zu Fuß)

Der Exerzierplatzvogel singt,
sobald des Trommlers Fell erklingt.

Es nimmt voraus, das kleine Vieh,
des Schwegelpfeifers Tirili –

indem sein Köpflein nicht begreift,
warum derselbe noch nicht pfeift. –

Auf seinem Ast im Himmelblau
sitzt unentwegt der E. P. V.,

sein Lied zu pfeifen stets parat,
ein nie versagender Soldat.

UKAS

Durch Anschlag mach ich euch bekannt:
Heut ist kein Fest im deutschen Land.
Drum sei der Tag für alle Zeit
zum Nichtfest-Feiertag geweiht.

AUF EINER BÜHNE

Auf einer Bühne steht ein Baum,
geholt vom nächsten Wäldchensaum.

Ihn überragt zur rechten Hand
ein Felsenstein aus Leinewand,

indes zur Linken wunderbar
ein Rasen grünt aus Ziegenhaar.

Im Stehparkett der kleine Cohn
zerbirst vor lauter Illusion.

Der kleine Cohn ward zum Gericht
für das, was Kunst ist und was nicht.

ZIVILISATORISCHES

Ein Fisch schrieb jüngst in seinem Blatt:
›Ich bin des trocknen Tons nun satt.
Ich will (als einer nur von vielen)
zwei Hände, um Klavier zu spielen.
Tief in der Südsee lebt mit Brillen
ein Molch, der tut uns wohl den Willen.
Er teile das Rezept uns mit.
Bad Westerland, Sylt. E. P. Schmidt.‹

Das Blatt verließ die Druckerei.
Der Hering las es wie der Hai.
Fast jeder bis hinauf zum Wal
empfand den Einfall als Skandal,
ja, mehr als das, in seltner Einheit,
als dekadentische Gemeinheit.
(Alleinzig der Polyp sah jetzt,
wozu er in die Welt gesetzt.
Und schwamm herum, von Sinnen schier,
nach einem scheiternden Klavier.)

Der Molch indes mit spitzen Ohren
hat seine Kundschaft nicht verloren:
Er sandte Schmidten die Broschüre
›Fischhände (später Maniküre)
nur durch Gymnastik in drei Jahren‹.
Da war nun alles zu erfahren.

Man sieht, wie da in Westerland
zum Menschen noch der Fisch entbrannt:
die Wunder der Natur, der wilden,
kulturgemäß hinaufzubilden.

DER WASSERESEL

Der Wasseresel taucht empor
und legt sich rücklings auf das Moor.

Und ordnet künstlich sein Gebein,
im Hinblick auf den Mondenschein:

So, daß der Mond ein Ornament
auf seines Bauches Wölbung brennt...

Mit diesem Ornamente naht
er sich der Fingur Wasserstaat.

Und wird von dieser, rings beneidet,
mit einem Doktorhut bekleidet.

Als Lehrer liest er nun am Pult,
wie man durch Geist, Licht und Geduld

verschönern könne, was sonst nicht
in allem dem Geschmack entspricht.

Er stellt zuletzt mit viel Humor
sich selbst als lehrreich Beispiel vor.

»Einst war ich meiner Dummheit Beute«,–
so spricht er – »und was bin ich heute?

Ein Kunstwerk der Kulturbegierde,
des Waldes Stolz, des Weihers Zierde!

Seht her, ich bring euch in Person
das Kunsthandwerk als Religion.«

DER NEUE VOKAL

Der Festredner:

»Unsterblich werden Sie l'eben,
solang es Menschenmund
und Menschenwitz wird geben
auf diesem Erdenrund.«

Ein Fähnrich, halblaut zur Gattin des Gefeierten,
Frau Professor Ulich:

»Was hat denn Ihr Herr Gemahl
nun eigentlich ausgeheckt?«

Die Gattin, ebenso:

»Er hat einen neuen Vokal
erfunden oder entdeckt.«

Der Fähnrich:

»Das ist ja phänomenal,
eine wahre Speise für Geister!
Na, Gnädigste, und wie heißt er
denn nun, dieser neue Vokal?«

Die Gattin:

»Er kann ihn noch niemandem sagen,
er läßt ihn erst patentiern;
wir wolln – nach so langen Plagen –
doch nicht ihr Erträgnis verliern!«

Der Fähnrich:

»Verstehe, Sie wollen Tantiemen!«

Die Gattin:

»Gewiß, das ist unser Ziel!
Wer den Vokal will nehmen,
erhält ihn für soundso viel.«

Der Festredner, abschließend:

»Sie gaben uns mehr, Herr Ulich,
als irgend ein Mensch bislang;
wir trollten fromm und betulich
den alten Schlendriangang.
Da kamen Sie, Geist der Geister,
in unser Jammertal
und gaben uns, teurer Meister,
den August-Ulich-Vokal!«

TOILETTENKÜNSTE

(Fritz Mauthnern)

Das Wort, an sich nicht eben viel,
rüstete sich zum Fastnachtsspiel.

Er setzte sich, das gute Wurm,
Perücken auf als wie ein Turm.

Sie barg die äußerst magern Hüften
in märchenhaften Röckegrüften.

Der Ball war voll Bewundrung toll.
Der König selbst sprach: »Wundervoll!«

Doch morgens krochen – flüchtig Glück! –
zwei Nichtse in ihr Bett zurück.

VOM STEIN-PLATZ
ZU CHARLOTTENBURG

Den Stein-Platz soll ein Elefant
von Gaul, so hör ich, schmücken;
doch manche schelten dies genant
und finden keine Brücken

vom Elefanten bis zu Stein,
von Stein zum Elefanten –
und sagen drum energisch nein
zu dem zuerst Genannten.

Und doch! War Stein kein großes Tier?
Ich denke doch, er war es.
Und gilt der Elefant nicht schier
als Gottheit in Benares? . . .

Ihr wackern Richter, laßt den Wert
des Werks den Streit entscheiden!
Der Stein, den uns ein Gaul beschert,
wird seinen Stein-Platz kleiden.

Ihr, die man ein Kulturvolk heißt,
wagts doch, Kultur zu haben!
Und dankt dem Bildner Stein im Geist
und nicht nach dem Buch-Staben!

DIE HÄUSERTÜRME VON NEU-BERLIN

Die Häusertürme von Neu-Berlin
kamen einmal zusammen,
dieweil es ihnen löblich schien,
sich tätig zu entflammen.

Das Auge nämlich hatte sie
beschimpft in einer Zeitung:
sie nennend eine Blasphemie
moderner Hausbereitung.

Dies ließ die stolze Zunft nicht ruhn,
sie fingen an zu toben.
Sie hatten nämlich nichts zu tun
auf ihren Dächern droben.

»Wir stellen dar den neuen Geist!«
mit Fug und Recht sie riefen;
»den Bürgerstolz, der aufwärts weist
aus herrschaftlichen Tiefen.

Das Auge, dieses dumme Tier,
mag auf sich selber schreiben.
Wir sind Wahrzeichen. Wir sind Wir
und werden Wir verbleiben!«

Die Giebel wackelten dazu
mit ihren Dekorationen
und schrieen: »Ja, laß uns in Ruh,
sonst werden wir dich nicht schonen!«

Die Obelisken auch sodann,
die dick befransten Säulen,
sie alle drohten wie Ein Mann:
»Wir werden dich schon verbeulen!«

Und aufgebauchten Kröten gleich
hüpften zurück die Türme.
Hanswürste nach wie vor im Reich
der Lenz- und Winterstürme.

AUS DER VORSTADT

(Mit Seele vorzutragen)

»Ich bin eine neue Straße
noch ohne Haus, o Graus.
Ich bin eine neue Straße
und sehe komisch aus.

Der Mond blickt aus den Wolken –
ich sage: Nur gemach –
(der Mond blickt aus den Wolken)
die Häuser kommen noch nach!

Ich heiß auch schon seit gestern,
und zwar Neu-Friedrichskron;
und links und rechts die Schwestern,
die heißen alle schon.

Die Herren Aktionäre,
die haben mir schon vertraut:
Es währt nicht lang, auf Ehre,
so werd ich angebaut.

Der Mond geht in den Himmel,
schließt hinter sich die Tür –
der Mond geht in den Himmel –
ich kann doch nichts dafür!«

MÄGDE AM SONNABEND

Sie hängen sie an die Leiste,
die Teppiche klein und groß,
sie hauen, sie hauen im Geiste
auf ihre Herrschaft los.

Mit einem wilden Behagen,
mit wahrer Berserkerwut,
für eine Woche voll Plagen
kühlen sie sich den Mut.

Sie hauen mit splitternden Rohren
im infernalischen Takt.
Die vorderhäuslichen Ohren
nehmen davon nicht Akt.

Doch hinten jammern, zerrissen
im Tiefsten, von Hieb und Stoß,
die Läufer, die Perserkissen
und die dicken deutschen Plumeaus.

DER SAAL

Eugen, der Juwelendieb,
stahl auch Stiefel oder Hemden,
ohne daß ihm ein Befremden
über sich zurücke blieb.

Eines Tages aber stahl
er (man wirds nicht glauben wollen)
einen ganzen wundervollen
grade nicht benutzten Saal.

Mitten in dem Häuserblock
einer sehr belebten Gegend,
drin kein Mensch war Argwohn hegend,
lag der Saal im ersten Stock.

Durch den Boden einer Stube,
die darüber lag, ersann
einen Zugang er, und dann
stieg er einfach ein, der Bube.

Auf der Spree, da lag ein Kahn,
drein der Saal zunächst verbannt ward.
Freundlich lächelte der Strandwart,
sah er Eugens Karre nahn.

Eines Tags im Juli fuhr
er gen Hamburg ganz vergnüglich,
und von da gings unverzüglich
übers Meer nach Baltimur.

Dort lief Eugen nach Attesten
für den lustigen Skandal –
und bereist seitdem den Westen
mit dem hier gestohlnen Saal.

Wer jedoch beschreibt den tristen
Reiz der Sache hier zu Haus!
Selbst die ältsten Polizisten
wissen nicht mehr ein noch aus.

Nichts mehr ist zurück vom Saale.
Das nur, was dahinter war,
beut, wie eine wüste Schale,
sich dem Bürgerauge dar.

SCHOLASTIKERPROBLEME

I

Wieviel Engel sitzen können
auf der Spitze einer Nadel –
wolle dem dein Denken gönnen,
Leser sonder Furcht und Tadel!

›Alle!‹ wirds dein Hirn durchblitzen.
›Denn die Engel sind doch Geister!
Und ein ob auch noch so feister
Geist bedarf schier nichts zum Sitzen.‹

Ich hingegen stell den Satz auf:
Keiner! – Denn die nie Erspähten
können einzig nehmen Platz auf
geistlichen Lokalitäten.

II

Kann ein Engel Berge steigen?
Nein. Er ist zu leicht dazu.
Menschenfuß und Menschenschuh
bleibt allein dies Können eigen.

Lockt ihn dennoch dieser Sport,
muß er wieder sich ver-erden
und ein Menschenfräulein werden
etwa namens Zuckertort.

Allerdings bemerkt man immer,
was darin steckt und von wo –
denn ein solches Frauenzimmer
schreitet anders als nur so.

DER KULTURBEFÖRDERNDE FÜLL

Ein wünschbar bürgerlich Idyll
erschafft, wenn du ihn trägst, der Füll.

Er kehrt, nach Vorschrift aufgehoben,
die goldne Spitze stets nach oben.

Wärst du ein Tier und sprängst auf vieren,
er würde seinen Saft verlieren.

Trag einen Füll drum! (Du verstehst:
Damit du immer aufrecht gehst.)

PROBLEM

Es flog ein Stein so weit, so weit –
und hatte doch kein Federkleid!
Es war ihm ja zu gönnen.
Indessen rechte Seltsamkeit,
daß Steine fliegen können!

GRUSELETT

Der Flügelflagel gaustert
durchs Wiruwaruwolz,
die rote Fingur plaustert,
und grausig gutzt der Golz.

EIN MODERNES MÄRCHEN

I. Früchte der Bildung

Schränke öffnen sich allein,
Schränke klaffen auf und spein
Fräcke, Hosen aus und Kleider
nebst den Attributen beider.

Und sie wandeln in den Raum
wie ein sonderbarer Traum,
wehen hin und her und schreiten
ganz wie zu benutzten Zeiten.

Auf den Sofas, auf den Truhn
sieht man sitzen sie und ruhn,
auf den Sesseln, an den Tischen,
am Kamin und in den Nischen.

Seltsam sind sie anzuschaun,
kopflos, handlos, Männer, Fraun;
doch mit Recht verwundert jeden,
daß sie nicht ein Wörtlein reden.

Dieser Frack und jener Rock,
beide schweigen wie ein Stock,
lehnen ab, wie einst im Märchen,
sich zu rufen Franz und Klärchen.

Ohne Mund entsteht kein Ton,
lernten sie als Kinder schon:
Und so reden Wams und Weste
lediglich in stummer Geste.

Ein Uhr schlägts, die Schränke schrein:
»Kommt, und mög euch Gott verzeihn!«
Krachend fliegen zu die Flügel,
und – nur eins hängt nicht am Bügel!

Eine Spitzenbluse nämlich,
oh, entsetzlich und beschämlich,
hat sich bei der wilden Jagd,
wilden Heimjagd der Gespenster –
eine Spitzenbluse nämlich
hat sich bei der Jagd am Fenster-
haken heillos festgehakt.

Kalt bescheint der Mond die krause
Dulderin im dunklen Hause,
die vom Fenster fortstrebt, wie
wer da fliehen will im Traume,
doch kein Schrittchen rückt im Raume, –
grell bescheint der Mond die grause
krasse, krause Szenerie . . .

Da erscheint vom Nebenzimmer,
angelockt durch ihr Gewimmer:
denn sie schrie! die Bluse schrie!
da erscheint vom Nebenzimmer,
hergelockt durch ihr Gewimmer,
schwebt herein vom Nebenzimmer,
schlafgeschloßnen Auges – SIE.

Und sie hakt das arme Wesen –
hakt es ohne Federlesen
los und hängt es ans Regal;
schwebt dann wieder heim ins Neben-
zimmer, schwebt, wie eben Wesen,
die im Schlafe wandeln, schweben,
schwebt so wieder dann ins Neben-
zimmer heim und heim zum Herrn Gemahl.

ST. EXPEDITUS

I

Einem Kloster, voll von Nonnen,
waren Menschen wohlgesonnen.

Und sie schickten, gute Christen,
ihm nach Rom die schönsten Kisten:

Äpfel, Birnen, Kuchen, Socken,
eine Spieluhr, kleine Glocken,

Gartenwerkzeug, Schuhe, Schürzen . . .
Außen aber stand: Nicht stürzen!

Oder: Vorsicht! Oder welche
wiesen schwarzgemalte Kelche.

Und auf jeder Kiste stand
›Espedito‹, kurzerhand.

Unsre Nonnen, die nicht wußten,
wem sie dafür danken mußten,

denn das Gut kam anonym,
dankten vorderhand nur IHM,

riefen aber doch ohn Ende
nach dem Sender solcher Spende.

Plötzlich rief die Schwester Pia
eines Morgens: »Santa mia!

Nicht von Juden, nicht von Christen
stammen diese Wunderkisten –

Expeditus, o Geschwister,
heißt er, und ein Heiliger ist er!«

Und sie fielen auf die Kniee.
Und der Heilige sprach: »Siehe!

Endlich habt ihr mich erkannt.
Und nun malt mich an die Wand!«

Und sie ließen einen kommen,
einen Maler, einen frommen.

Und es malte der Artiste
Expeditum mit der Kiste.

Und der Kult gewann an Breite.
Jeder, der beschenkt ward, weihte

kleine Tafeln ihm und Kerzen.
Kurz, er war in aller Herzen.

II

Da auf einmal, neunzehnhundert-
fünf, vernimmt die Welt verwundert,

daß die Kirche diesen Mann
fürder nicht mehr dulden kann.

Grausam schallt von Rom es her:
»Expeditus ist nicht mehr!«

Und da seine lieben Nonnen
längst dem Erdental entronnen,

steht er da und sieht sich um –
und die ganze Welt bleibt stumm.

Ich allein hier hoch im Norden
fühle mich von seinem Orden,

und mein Ketzergriffel schreibt:
Sanctus Expeditus – bleibt.

Und weil jenes nichts mehr gilt,
male ich hier neu sein Bild: –

Expeditum, den Gesandten,
grüß ich hier, des Unbekannten.

Expeditum, ihn, den Heiligen,
mit den Füßen, den viel eiligen,

mit den milden, weißen Haaren
und dem fröhlichen Gebaren,

mit den Augen braun, voll Güte,
und mit einer großen Tüte,

die den überraschten Kindern
strebt ihr spärlich Los zu lindern.

Einen güldnen Heiligenschein
geb ich ihm noch obendrein,

den sein Lächeln um ihn breitet,
wenn er durch die Lande schreitet.

Und um ihn in Engelswonnen
stell ich seine treuen Nonnen:

Mägdlein aus Italiens Auen,
himmlisch lieblich anzuschauen.

Eine aber macht, fürwahr,
eine lange Nase gar.

Just ins ›Bronzne Tor‹ hinein
spannt sie ihr klein Fingerlein.

Oben aber aus dem Himmel
quillt der Heiligen Gewimmel,

und holdselig singt Maria:
»Santo Espedito – sia!«

DIE LÄMMERWOLKE

Es blökt eine Lämmerwolke
am blauen Firmament,
sie blökt nach ihrem Volke,
das sich von ihr getrennt.

Zu Bomst das Luftschiff ›Gunther‹
vernimmts und fährt empor
und bringt die Gute herunter,
die, ach, so viel verlor.

Bei Bomst wohl auf der Weide,
da schwebt sie nun voll Dank,
drei Jungfraun in weißem Kleide,
die bringen ihr Speis und Trank.

Doch als der Morgen gekommen,
der nächste Morgen bei Bomst, –
da war sie nach Schrimm verschwommen,
wohin du von Bomst aus kommst . . .

DIE ZWEI TURMUHREN

Zwei Kirchturmuhren schlagen hintereinander,
weil sie sonst widereinander schlagen müßten.
Sie vertragen sich wie zwei wahre Christen.
Es wäre dementsprechend zu fragen:
warum nicht auch die Völker
hintereinander statt widereinander schlagen.
Sie könnten doch wirklich ihren Zorn
auslassen, das eine hinten, das andre vorn.
Aber freilich: Kleine Beispiele von Vernunft
änderten noch nie etwas am großen Narreteispiele
der Zunft.

DER GLOCKENWURM

Der Glockenwurm
der Glockenwurm
Geht um im Turm
Beim Neumondsturm
    Es klopft
    und tropft –
    Und rotbezopft
    Sophie dem Wurm
    Die Strümpfe stopft.

Der Glockenwurm
Der Glockenwurm
geht um im Turm
Beim Neumondsturm
    O Laie geh
    Mit schneller Zeh!
    Wann spaßte je
    Der Glockenwurm?
    . . . . .
    Und das thut weh.

AUS DEM ANZEIGENTEIL EINER TAGESZEITUNG DES JAHRES 2407

5. August!! Künstliches Schneegestöber in Thale (Harz), veranstaltet vom Hotel Alpenrose: mit der großen Papierschnitzelschneezentrifuge der amerikanischen Naturschauspielimitationskompagnie Brotherson & Sann.

Amerikanischer Agent sucht ausgestopfte Fürsten zu höchsten Preisen. Red. 43 W. P. St.

Von morgen ab wieder täglich:
Verwandlung von Wasser in Wein.

Austern, Kaviar, Champagner, Tafelobst
für jedermann
auf einfachstem Wege.

Egon Schwarzfuß, Hypnotiseur.
Gegenüber dem Ackerbauministerium.

Die Vereinigung für Ameisenspiele wird ersucht, sich morgen, den 17. hjs., auf dem Tempelhofer Felde einzufinden, um den großen Haufen zu vollenden.

Darunter in riesigen Lettern:

Für Ameisenkostüme, braun, schwarz, in jeder Größe, genau nach den Vorschriften des V. f. A. empfiehlt sich Phantasus Liptauer, Warenhaus für Tierspiele aller Art.
Desgleichen Blattlauskostüme samt allem Zubehör.

V o r t r a g s a n k ü n d i g u n g

Morgen, Sonntag, in der Aula maxima der Charlottenburger Volksbildungsaustauschhochschule Grammophonvortrag nach Prof. Houston Shaw von der Universität New Heidelberg, Mass.: Authentischer Nachweis der Identität des Verfassers der Henrik Ibsen zugeschriebenen Dramenwerke mit Peer Hansen, weiland Privatdozent an der Universität Christiania.

T e l e g r a p h e n b ü r o F u c h s

Demnächst Eröffnung der ersten deutschen Luftzeitung!

Der von sechs Fesselballons festgehaltene Projektionsdrache mißt 800 m im Quadrat und wird oberhalb des Kreuzberges allabendlich nach Einbruch der Dunkelheit die neusten Berichte in weithin sichtbaren Buchstaben zeigen. Eigens konstruierte Abonnements-Ferngläser sowie Dachstuhl- und Kaminsitzkarten in der Redaktion und allen Filialen. Es wird darauf aufmerksam gemacht, daß nur feste Abonnenten an den großen Veranstaltungen teilhaben, welche die Luftzeitung plant und deren erste sein wird: die Projektion jedes an einem Sonntag geborenen Abonnenten in voller Bildgröße (800 qm).

Behördlich ausgesetzte Belohnung von 3000 Mark auf Ergreifung des Ballonpiraten, der in der Nacht vom Montag zum Dienstag das Köpenicker Rathaus abgedeckt hat. i. A. Bilz, Luftpolizeiwachtmeister.

Zur erneuten Besprechung des Problems der Wasserschienen ladet auf den 12. September ein der Vorstand des Klubs für technische Fragen, Verkehrsabteilung.

Nutridentol!! ist das beste Zahnwasser! Dasselbe besitzt außer seinen reinigenden Eigenschaften hohen Nährwert! Der Gebrauch ersetzt jedes Abendbrot oder Frühstück!

Referenz zu Nutridentol:
Sehr geehrter Herr! Seit zwei Monaten gebrauche ich regelmäßig Ihr Nutridentol und habe in dieser Zeit 4 Kilo Teebutter erspart. Auch mein Kopfweh ist völlig verschwunden. Mit größter Dankbarkeit
Eleonora Hecht, Privatiere.

Violinspieler, vorzüglicher – zum Vorspielen für meine Eidechse gesucht. – Adele Süßkind, Hauptpost.

Für Einsame
Erinnerungsarome – fertigt genau nach Angabe das ›Warenhaus für kleines Glück aller Art‹. Telegrammadresse: Glückshaus.

Zerstreuungs-Orgeln, Automaten oder das Kaufhaus im Hause, enthaltend: Musikstücke, Bilder, Liköre, Feuerwerk, Broschüren, Lotterielose usw.

Künstliche Köpfe!!! – Jedermann ist ein Narr, der sich nicht einen künstlichen Kopf anschafft. Der künstliche Kopf wird über den natürlichen gestülpt und gewährt diesem gegenüber folgende Vorteile: a) des Schutzes gegen Regen, Wind, Sonne, Staub, kurz, alle äußeren Unbilden, die den natürlichen Kopf ohne Ende belästigen und von seiner eigentlichen Beschäftigung, vom Denken, abhalten; b) der Erhöhung der natürlichen Sinnesfunktionen: Man hört mit seinen künstlichen Ohren etwa hundertmal mehr und besser als mit den natürlichen, man sieht mit seinem Augenapparat so scharf wie ein Triëderbinokel, man riecht mit dem K. K. feiner, und man schmeckt mit dem K.K. differenzierter als mit seinem Vorgänger. Dabei braucht man jedoch nichts von alledem. Man kann die Apparate nämlich einstellen, wie man will, also auch auf ›tot‹. Der auf tot eingestellte K. K. ermöglicht ein vollkommen ungestörtes Innenleben. Geschloßne Zimmer, Mönchszellen, Waldeinsamkeit usw. sind fortan überflüssig. Man isoliert sich im dichtesten Volksgewühl. – Der K. K. wird nur nach Maß angefertigt und ist leicht zu tragen. Gegen unbefugte Berührung ist er durch eine eigene Batterie geschützt. Da er kein Haarkleid braucht, ist die Schädeldecke für Annoncen reserviert. – Wer klug ist und vorurteilslos, kann durch Übernahme einer geeigneten Großfirmenanzeige unschwer die Kosten eines K. K. herausschlagen, ja noch mehr, durch den künstlichen Kopf auch auf diesem Wege weit leichter Geld verdienen als durch den natürlichen.

Fetischistengemeinde, Bruderstraße

Mittwochs von 5 bis 6: Prügelfeier

Danach:

Vortrag des Feuerländer-Missionars

Taperkins über den Text:

›Kindlein, liebet euch unter einander‹

Hinweis:

Im Vorraum Tausch,

Verkauf erprobter Fetische

Augenblickliche Spezialität:

Echte Pescheräh-Fetische

Literaten von zehn Pfennigen aufwärts

beim Küster

Vorankündigung
22. November. Fritzmauthner-Tag. 22. November.
Spectaculum grande!

Großes Wörter-Schießen! Preise bis zu 1000 M!

Mittelpunkt der Veranstaltung:
Zehnmaliges Erschießen des Wortes
›Weltgeschichte‹
durch je zehn Scharfschützen
zehn deutscher Stämme

Erinnerungszeichen!
Kaltes Buffet!

Schießplatz Neu-Kaputt,
vis-à-vis dem Luftschiffhafen

Das Festcomité
der Vereinigung zur ordnungsmäßigen
Erschießung verurteilter Wörter

Erdbebenmatratze: Schlafe todsicher
Erdbebenbaldachine
Schutzschirme aller Art
Künstliche Köpfe
Schuß- und hiebfeste Anzüge liefert
Kaufhaus ›Rettungswache‹.

ÜBER DIE GALGENLIEDER

Die ersten, noch den neunziger Jahren entstammenden Galgenlieder entstanden für einen lustigen Kreis, der sich auf einem Ausflug nach Werder bei Potsdam, allwo noch heute ein sogenannter ›Galgenberg‹ gezeigt wird, wie das so die Laune gibt, mit diesem Namen schmücken zu müssen meinte. Aus dem Namen erwuchs alsdann das Weitere, denn man wollte sich doch, war man nun einmal eine sogenannte Vereinigung, auch das Gehörige dazu denken und vorstellen. ... Was im Lauf der ersten Auflagen dann noch hinzutrat, hatte natürlich mit dem Anfangsthema nicht mehr viel gemein; da aber das ›geistige Band‹ des Humors nicht fehlte, so mußte der alte, mehr private Titel denn nun auch vor größerer Öffentlichkeit all das Neue unter seinen Flügeln aufnehmen und behalten.

Dieser kleine Verein stand unter dem Zeichen des Spiritus asper. Sein Wahlspruch lautete: ›Per aspera ad astra.‹ Auf deutsch soll das heißen: ›Der Hauch über den Dingen ist das Beste.‹

So betrachtet, wird Ihnen das Büchlein verständlicher erscheinen. Sie werden das Lalula nicht mehr ganz so unsinnig finden, wenn Sie bedenken, daß es weniger der Ausdruck irgendeines Un-Sinns, Ohne-Sinns sein sollte, als der eines ganz privatpersönlichen, jugendlichen Übermuts, der sich in Lautverbindungen gefiel, ein Gefallen, das unter *Kindern* wohl alltäglich ist, das der Erwachsene aber, wie so vieles, vergißt, und wenn es ihm künstlerisch verkappt entgegentritt, nur noch als Bizarrerie anzusprechen weiß.

Warum soll sich ein phantasiereicher Junge zum Beispiel nicht einen Indianerstamm *erfinden* samt allem Zubehör, also auch Sprache, Nationalhymne? Und warum soll künstlerischer Spieltrieb derlei nicht, zum Scherz, einmal wiederholen?

Ich habe noch als Gymnasiast ›Sprache erfunden‹, war seinerzeit einer der eifrigsten Volapükisten – – nun, was weiter, wenn ich da einem für solches besonders begabten Bundesbruder ein Vortragsstück in einem *eigenen* Volapük schrieb? Denn all dieses Anfängliche war auf Vortrag und Musik gestimmt (und zwar unter fünf bis zehn *Privat*personen), ohne jeden Gedanken an jemalige Öffentlichkeit.

Erblicken Sie also keinerlei Raffinement in diesem Humor, noch umgekehrt, gänzlich unverantwortlich empfindende naive Künstlerjugendlaune. Zunächst sollten die Lieder nichts, als einigen jungen Toren, gleich mir selber, Vergnügen bereiten. Mit der Zeit aber wuchs ihr Leserkreis, ihre Anzahl, ihr künstlerischer Ernst. Sie werden zugeben müssen, daß überall lebendige Anschauung dahinter steckt, daß nirgend ein Witz gemacht, sondern eine Situation vorgestellt oder ein Vorgang entwickelt wird, daß, selbst wo ein sogenannter Wortwitz zugrunde liegt, er sich im lebendigen Leben inkarniert.

Ich habe nur *eine* Bitte: Sollte (was ja immerhin möglich wäre) in Ihrem Aufsatz das Wort Blödsinn oder Stumpfsinn, wenn auch noch so glänzend epithetiert, vorkommen, so ersetzen Sie es meinethalben durch Wahnwitz oder Tollheit oder dergleichen; da Sie es wahrlich begreifen werden, daß es auf die Dauer nicht angeht, einen Humor, dessen vielleicht einziger Vorzug gerade in einer gewissen Art von *Geistigkeit,* von Helligkeit und Schnelligkeit besteht, mit diesen zwei üblen deutschen Philister- und Bierbankausdrücken, in denen sich, wie Sie hieraus erraten, die Mehrzahl meiner ›Kritik‹ gefällt, abzustempeln.

›Höherer Blödsinn‹ oder jener so beliebte deutsche ›Stumpfsinn‹, ›literaturfähig‹ geworden, ist so ziemlich das Billigste und Törichteste, was sich sagen läßt. Wer so urteilt, gebraucht ein Schlagwort und eine Formel, ohne sich wirklich Rechenschaft von dem Vorhandenen zu geben.

Es kann von *Unsinn* nirgends die Rede sein; dazu war ich immerhin vor fünfzehn Jahren nicht mehr unreif genug. Jedes Gedicht hat Hand und Fuß, man muß sich nur die Mühe nehmen, sich in die Grundsituation zu versetzen. Bei den ersten Sachen tritt, wie gesagt, noch als Gesamtgrundlage jener Klub mit seiner auf die ›Idee des Galgenberges‹ gegründeten Organisation hinzu. Danach ist über 1, 2, 3 nichts weiter zu sagen. Das ›Gebet‹ wird doppelt verständlich, wenn Sie sich die erste und letzte Zeile von einem der ›Galgenbrüder‹ gemurmelt denken und das halb neun, halb zehn usw. von einem zweiten, dritten usw. – alles naturgemäß in einer Art Dämmerzustand, wie es solchen Gesellen ja wohl eigen sein darf.

Das Lalula dürfte im wesentlichen eine, sagen wir, phonetische Rhapsodie sein, ursprünglich besagtem (siehe Einleitung) Faherügh ›auf den Leib‹ geschrieben, der es denn auch mit ganz derselben Leidenschaft und Überzeugung vorzutragen pflegte, die man im Leben draußen nur zu oft an ungleich geringere ›Wortkunst‹ verwendet.

Das Mondschaf wird wohl, unter anderm, eine Personifikation des Mondes sein, der zuerst am nächtlichen Firmament steht, dann hinter Wolken oder Bergen verschwindet, in einem ihm unterlegten ›Traume‹ seine winzige Weltkörperlichkeit als das ›All‹ empfindet und tags darauf als weiße Scheibe den Himmel ziert.

Der arme Rabe Ralf nährt sich von Galgenspeise und geht daran zugrunde.

Fische sind ›stumm‹, man kann also auch ihren ›Gesang‹ nicht anders als durch stumme Zeichen ausdrücken. Usw. usw.

Damit sind natürlich nur Andeutungen gegeben. Im übrigen ist Humor eben Humor und hat jederzeit seinen *eigenen* Sinn und – Ernst für sich. Ja, es ist seine Mission, zumindest heutzutage, im Menschen den dumpfen trübseligen Ernst, in den ihn eine materialistische Gegenwart verstrickt hält, ein wenig aufzulockern, anzubröckeln. ...

Christian Morgenstern

Brief Christian Morgensterns an einen Redakteur. Obermais, 1910

INHALT

Von Christian Morgenstern
erschienen im Insel-Verlag

Alle Galgenlieder
344 Seiten

Palmström
Insel-Bücherei Nr. 318

Das aufgeklärte Mondschaf
Insel-Bücherei Nr. 802

Das Mondschaf – The Moon Sheep
Insel-Bücherei Nr. 696

it 12

Choderlos de Laclos

Schlimme Liebschaften

Ein Briefroman

Mit 15 zeitgenössischen Illustrationen

Übertragen und eingeleitet von Heinrich Mann

Verführung heißt das Thema dieses berühmten Romans, der die Sitten und die Verderbtheiten der guten Gesellschaft vor dem Ausbruch der Französischen Revolution zeigt. Der Vicomte de Valmont und die Marquise de Merteuil, die Hauptakteure, zählen zu den abgefeimtesten Charakteren der Weltliteratur. Heinrich Mann schreibt: »Die Liebe ist das herrschende Gesellschaftsspiel, unglaublich prickelnd, weil es immer im Begriff steht, ernst zu werden und den Kopf zu kosten.«

it 13

Märchen deutscher Dichter

Herausgegeben von Elisabeth Borchers

Band 1

Eine Sammlung »Märchen deutscher Dichter« unseres Jahrhunderts, chronologisch angelegt: ein Kompendium des Phantastischen und Rätselhaften, geheimer Wünsche und Träume und Spiele; Fragen nach Glück und Unglück, nach Reichtum, nach Liebe und Befreiung von Not, nach Schönheit. Dauer und Vergänglichkeit. Das gilt nicht nur als Ansammlung von ›Wunderbarem‹ – es sind auch die Zeichen der Zeit, in der die Märchen entstehen.

it 14

Die Nibelungen

Mit Jugendstilillustrationen von C. O. Czeschka

Nachwort von Helmut Brackert

»Weder die alten Götter noch der christliche Gott, nur das Schicksal ist im Nibelungenlied die alles beherrschende Macht... Die großenn Szenen des Nibelungenliedes gleichen denen der alten germanischen Heldenlieder, einigen Liedern der Edda, den großen Szenen der isländischen Saga, sie gleichen auch mancher Szene Shakespeares und Heinrich von Kleists.«

Friedrich von der Leyen

»Das Klassische nenne ich das Gesunde, und das Romantische das Kranke. Und da sind die Nibelungen klassisch wie der Homer...« *Goethe*

it 15
Sophokles
König Ödipus
Übertragung, Kommentar und Deutungen
von Wolfgang Schadewaldt
Illustrationen, Wirkungsgeschichte
und Bibliographie

Das erste Ödipus-Drama des klassischen griechischen Tragikers Sophokles (497/96–406/05) wurde gegen 425 aufgeführt. Man könnte es als das Zentrum des Sophokleischen Werks bezeichnen. Die Schuld des Ödipus, des tragischen Menschen par excellence, ist mit Aristoteles, der sie als Verfehlung bezeichnet, so zu verstehen, daß Ödipus subjektiv unschuldig aber objektiv schuldig ist. Die neue Übertragung von Wolfgang Schadewaldt wird durch Kommentare, die Wirkungsgeschichte und eine ausführliche Bibliographie dem Leser erschlossen.

it 16
Wladimir Majakowski
Werke: Band I Gedichte
Herausgegeben von Leonhard Kossuth
Aus dem Russischen von Hugo Huppert

War Lenin der politische Begründer der Sowjetunion, so war W. Majakowski ihr poetischer. Die Wirkung Majakowskis war, wie die der Revolution, spektakulär:

kaum eine Dichterschule der ersten Jahrhunderthälfte hat sich seinem hämmernden Einfluß entziehen können. Futuristen und Surrealisten, Expressionisten und sozialistische Realisten: keiner, der sich nicht auf ihn als den großen Anreger berief und heute noch beruft. Der Band I leitet eine fünfbändige Werkausgabe ein.

it 17
Johann Peter Hebel
Kalendergeschichten
Mit einem Nachwort von
Ernst Bloch

»Ein früher, alter Ton kommt herüber, bleibt bei uns. Er erzählt, aber wie, Hebel ist leicht, lebhaft, dicht, spannend, bedächtig in einem. Seine Form ist bekannt, die der Kurzgeschichte, doch auch so, daß sie nicht eilt«, schreibt Ernst Bloch in seinem Nachwort. Hebels Kalendergeschichten sind geschrieben von einem Anwalt der Armen und Verleumdeten, einem Freund der Französischen Revolution und der Aufklärung. Er ist mitnichten nur der Hausfreund und biederbeschauliche Erzähler.

it 18
Leo N. Tolstoj
Die großen Erzählungen
Mit einem Nachwort von Thomas Mann
Aus dem Russischen von Gisela Drohla

»Niemand hat der ›literarischen‹ Seite der Literatur so viel Aufmerksamkeit geschenkt wie Tolstoj. Er war, weit mehr als andere russische Schriftsteller, ein Meister, und man merkte sehr oft, wie er es genoß, ein Meister zu sein.« *Jurij Oleša*

»Das größte und einzige Genie des heutigen Europa, der größte Stolz Rußlands, ein Mann, dessen bloßer Name Wohllaut ist, ein Schriftsteller von höchster Reinheit, lebt unter uns.« *Alexander Block*

it 19/20
Gespräche mit Marx und Engels
Gesammelt und herausgegeben
von Hans Magnus Enzensberger
2 Bde.

Die Berichte zeigen nicht nur Karl Marx und Friedrich Engels von kaum bekannten und oft überraschenden Seiten. Sie zeugen auch von einer verblüffenden Kontinuität der Argumente, die für und wider den Marxismus seit über hundert Jahren vorgebracht werden. Viele der Auseinandersetzungen hören sich an, als wären sie von heute. Die Sammlung beruht auf langwierigen Recherchen; das Material ist teilweise seit seiner Erstveröffentlichung verschollen. Der Umfang des Buches erklärt sich aus der Absicht, möglichst alle erreichbaren Quellen auszuwerten. Ein Quellenverzeichnis und ein Register erschließen die Sammlung.

it 21
Petr Kropotkin
Memoiren eines Revolutionärs
Aus dem Russischen
von Max Pannwitz
Mit einem Nachwort
von George Woodcock

Von den großen Vier des russischen Anarchismus – Bakunin, Herzen, Kropotkin, Tolstoj – ist Fürst Kropotkin heute der unbekannteste. Das ist um so erstaunlicher, als er eine Autobiographie veröffentlicht hat, die zu den eindrucksvollsten der Weltliteratur zählt. Kaum ein Werk dieser Gattung ist reicher an dramatischer Abwechslung. Es ist das authentische Porträt einer ganzen Epoche. In Kropotkins Memoiren wird Geschichte aktuell. Notwendigkeit und Voraussehbarkeit einer Umwälzung stehen bei ihm außer jedem Zweifel.

it 24
Marian Brandys
Maria Walewska
Napoleons große Liebe
Aus dem Polnischen von Klaus Staemmler

Wer war diese Frau, die Napoleon die Treue hielt, die auf Elba sein Gast war? Wer war sie, die Mutter des Grafen Alexandre Walewski, des späteren Außenministers Napoleons III.? Auf diese Frage gibt der polnische Biograph Marian Brandys Antwort, soweit das heute noch möglich ist. Aus allem ergibt sich ein Porträt der jungen Marie Łączyńska (1786–1817), die, 1805 mit dem alternden Grafen Walewski verheiratet, 1807 Napoleons Geliebte wurde und erst, als der Kaiser nach St. Helena verbannt war, den General Ornano (1816) heiratete.

it 25
Johann Wolfgang Goethe
Die Leiden des jungen Werthers
Mit dokumentarischen Illustrationen und
einem Essay von Georg Lukács

»Im Winter 1774 auf 75 brannten in Deutschland viele Kerzen bei der Lektüre eines Buches herunter. Es hieß ›Die Leiden des jungen Werthers‹ und war auf der vergangenen Herbstmesse anonym in der Weygandschen Buchhandlung zu Leipzig erschienen . . .«, schreibt Walther Migge in einem Aufsatz über Entstehung und Wirkung des »Werthers«. Der Name des Verfassers blieb nicht lange verborgen. Das Buch trug seinen Namen in alle Welt. Selten hat ein Buch so den Nerv seiner Zeit getroffen. Sehr viele, vor allem junge Menschen, konnten sich mit dem Helden identifizieren. Eine Werthermode begann sich durchzusetzen, am Weimarer Hof trug selbst der Herzog den blauen Wertherfrack zu gelben Kniehosen. Mit der literatur- und geistesgeschichtlichen Bedeutung des Buches setzt sich der berühmte Essay von Georg Lukács auseinander. Das Buch erscheint rechtzeitig zum 200. Geburtstag des Goetheschen Romans im Jahr 1974.